日陰魔女は気づかない
～魔法学園に入学した天才妹が、
姉はもっとすごいと言いふらしていたなんて～
The shy
witch unaware
2

アイリ・モブラン
age16
挫折から田舎に
引き籠もっていたが、
このたび王都に
帰ってきた。
「そうでしょうか？」
王城にお呼ばれ

デボラ
age18
学園の生徒会長。
レティとは同級生で親友。
「お姉ちゃん、最高に可愛いよ！」
「似合ってるわよ、アイリ」
レティ
age18
活発な王女様で、
リエルの通う
学園の上級生。
リエル・モブラン
age13
王都の名門魔法学園に
飛び級で入学した天才。
姉アイリを心底慕い、
尊敬している。

クロエ
age23
ジュディスの助手。
一見厳しそうだが
面倒見がいい。
ジュディス
age22
優秀な成績で
魔法学園を卒業した才媛。
優しい笑顔が
似合うお姉さん。

診療所でお仕事

もしも、アイリが学園に——

Contents



The shy witch unaware

design work:寺田鷹樹（GROFAL）

illustration:タムラヨウ

# 日陰魔女は気づかない２

～魔法学園に入学した天才妹が、姉はもっとすごいと言いふらしていたなんて～

相野　仁

角川スニーカー文庫

24220

# 第一話　王都に召集

Chapter 01

「王都……」

アイリは落ち着かず、馬車の中でずっとソワソワしている。

隣に座って手を握っている妹の手のぬくもりが、これは現実だと伝えていた。

「お姉ちゃん、いざとなったら国外にでも逃げればいいからね？」

とリエルが励ます。

「あなたらしいね」

具体的な点がいかにも、と思いアイリは口元がゆるむ。

「落ち着けって言っても難しいだろうからね」

アイリの目の前に座る師匠、大魔女サーラは鼻を鳴らす。

レティは王女としての立場があるので、今回馬車には乗っていない。

「ふん、ぬるいことを」

勝手についてきたクロが舌打ちをする。

「いざとなったら燃やすか、粉々にすればいい。逃げる必要などない」

「お姉ちゃんについて来るなら、人間の価値観を学んでよね」

リエルが物怖じせず、クロに要求を出す。

「生意気な」

とクロは言ったが、怒ってはいない。

正面からはっきりとぶつかるリエルの姿勢を嫌ってはいないようだ、とアイリは安心した。

「ただの事情聴取と論功行賞だから。逃げたり戦ったりする理由なんてないわよ」

だから落ち着いて、とデボラがアイリをなだめる。

アイリこそがすべてのカギなのだ。

「は、はい。ごめんなさい」

「謝ることじゃないわ。慣れないうちはみんなそうだから」

とデボラはシュンとしたアイリに優しく微笑む。

「わたしも一緒だから平気だよ、お姉ちゃん」

リエルは一生懸命姉を励まし、緊張をほぐそうとする。

「え、ええ」

おかげで馬車が城前に着いた頃にはアイリの精神も一応は落ち着いていた。

馬車から降りた彼女たちを、華美なドレスを着て、何人もの侍女を連れたレティが出迎える。

「いらっしゃい。まずは着替えてもらうわよ」

とレティは笑顔でアイリに話しかける。

「はい」

馬車の中で段取りをデボラに説明されていたアイリは抵抗なくうなずく。

王城はアイリが今まで見たどんな建物よりも大きくて立派だった。

（か、考えないようにしなきゃ）

意識すると頭が真っ白になり、緊張で一歩も動けなくなってしまうので、アイリは必死に自分に言い聞かせる。

「お姉ちゃん、手をつなご」

と言ってリエルがそっと手を握ってきた。

姉に甘える妹という構図に、何も知らない侍女たちが微笑ましいという目を向ける。

もちろん、リエルが緊張するはずなく、自分への気遣いだとアイリは知っていた。

村に住んでいた時の家よりも大きい部屋に案内され、アイリたちは侍女たちに手伝われて着替える。

（何で人がこんなにいるの？　と思ったけど）

実際に経験したアイリは、誰かに手伝ってもらわないと着るのが難しい服があるのだと知った。

アイリが着せられたのはフリル付きのシャンパンカラーのドレスである。

「似合ってるわよ、アイリ」

レティが褒めて、侍女たちが満足げにうなずくものの、アイリ自身はピンとこない。

「そうでしょうか？」

「お姉ちゃん、最高に可愛いよ！」

リエルは満面の笑みで全肯定するが、これはいつものことなので、アイリは信じられなかった。

そういうリエルは似たシルエット、似たカラーのドレス姿である。

親しみやすさと可愛らしさを両立させたファッションで、姉から見てもとてもよく似合っていた。

「それはリエルのほうでしょ」

とアイリが言うとデボラとレティが呆れた視線を彼女に向ける。

「何を言うの。あなただって負けてないわよ」

とデボラは慰めた。

「アイリ、さてはおめかし苦手でしょう」

レティの指摘にアイリはうぐ、と詰まる。

「あなただって素材はいいから、ノウハウを持った者が磨けば光るのよ」

「うんうん！」

王女の言葉にアイリが疑問を持つよりも早く、リエルが激しく同意した。

（そうかなあ？）

アイリは内心首をかしげたが、時間はいつまでも待ってくれず、謁見の間へと移動する。

謁見の間は煌びやかで、厳粛な空気で満ちていて、アイリの心臓に大きな負荷をかけてきた。

見るからに立派な衣装を着た中高年の男性たちが、玉座の左右に分かれて列を作り、興味を含んだ視線をアイリたちに向けている。

事前に聞かされていた通り、アイリ、リエル、デボラの三名が跪き、彼女たちの背後にサーラとクロが立ち、レティは列の一角に加わった。

「面を上げろ」

玉座に座るレティの父ではなく、そばにひかえる宰相の言葉で三名は顔を上げる。

「では論功行賞をおこなう」

宰相の近くにいる書記官がアイリたちの功績を高らかに告げる。

「さらにバーゲストの撃破、無力化」

という言葉を聞いた列席者の一部からざわめきが起こった。

全員が事前にすべての情報を与えられるわけではないのだ、とアイリは思う。

「以上の功績をもってアイリ・モブランに褒賞を与える」

と書記官が告げた。

「ファスキス男爵家の継承。宮廷参内権を付与」

その他権利、および金貨など次々に言われるのを、アイリは他人事のように聞いている。

想像の埒外（らちがい）の内容ばかりだったので、気絶せずにすんだのだ。

「以上だ。新男爵家当主アイリ・モブランよ、前へ」

と呼びかけたのは宰相である。

立ち上がって前に出て淑女の一礼をおこない、

「王家のご恩寵、謹んで承ります」

と一言を述べた。

これらは事前に教わった通りである。

「次にデボラ・アドミスター、リエル・モブラン」

デボラとリエルもクロと対峙し、アイリを助けた功績を称えられて褒賞を与えられる。

ふたりが礼とあいさつをして下がったところで、国王が口を開く。

「国が破滅を免れたのは三人のおかげだ。いずれも前途豊かな若者たちであり、この国の行く末は明るいな」

この言葉が締めとなってアイリたちは退出を命じられる。

そして三人とも同じ部屋で着替えたあと、デボラの先導でレティの私室に向かう。

部屋付きの侍女たちは慣れた様子で彼女たちを迎え入れた。

落ち着いた内装であまり物がない反面、大きな本棚に大量の書物が入っているのが目を引く。

「派手じゃないのはレティらしいね」

とリエルが率直に感想を言い、アイリも同感だとうなずいた。

「レティはあとで合流するだろうから、お茶をしながら休みましょう」

　とデボラは言ってみんなに席をすすめる。

「我が来た意味はなかったな」

　クロは気にしてない様子でつぶやく。

「偉い人たちが自分の目で見たかったんでしょ」

「本来の姿に戻ってやればよかったか？」

　とクロは言ってデボラはぎょっとなる。

「それだとお城が壊れちゃうから」

　冗談だと気づいたアイリは笑いながら指摘した。

「というかクロって大人しいよね、意外」

　とリエルは当然の顔をしてアイリの隣に座りながら軽口を叩く。

「貴様は馴れ馴れしいな」

　クロがじろっと彼女をにらむが平然としている。

「この子は誰に対してもこうなの」

　アイリはあきらめた顔で間に入った。

「ふん」

　クロは鼻を鳴らすと彼女の背後に立つ。

会話は終了だと判断して、アイリは気になっていたことに言及する。

「先生は残ったのかな？」

「みんなサーラ様のお考えを知りたいだろうからね」

とデボラが答える。

「わたしってどうなりますか？　まだ褒賞を与えられただけですよね？」

アイリはソワソワしながらデボラに問いかけた。

貴族社会に関する知識があって、アイリが質問できる相手はこの場ではほかにいない。

「それをいま話し合ってるんだろうから、お茶でも飲んで待ってようよ」

デボラに笑われたタイミングで侍女たちにお茶を出され、アイリは恥ずかしくなりながら、お茶に口をつけた。

「ま、何とかなるよ、お姉ちゃん。師匠だからね」

リエルの言葉はアイリにとっても説得力がある。

だけど、それで落ち着けるかというと彼女にはまた別の問題だった。

　謁見の間。

「どうだった？」

国王が最初に尋ねた相手は護衛でもある近衛騎士団長だ。

「想像を絶するバケモノです。あれで力を抑えているのでしょうから、恐ろしいかぎりです」

答える騎士団長の顔からは血の気が引いている。

ひとかどの戦士であるからこそ、クロの力の凄まじさを一部でも感じ取ることができたのだ。

「サーラ殿、貴公の言葉に偽りはないのだな？」

国王は礼節をもって問いかける。

世界にその名を轟かせる大魔女サーラは、それだけの存在だった。

「ええ。アイリがいるかぎり、クロウ・クルワッハとバーゲストは脅威にはならないでしょう」

サーラも一国の王相手には敬語で応じる。

「あの娘をどう扱えばよいのか。どこまでやればよいのだ？」

誰かに向けたわけではない疑問を放つ国王の眉間にはしわが刻まれていた。

重臣たちは困惑と緊張を浮かべたまま発言しない。

しばらくの間を置いてようやく宰相が、

「何しろ前代未聞ですから。とりあえずあの娘が望むことを極力実現させ、我が国に愛着を持つように誘導すべきでしょう」

と言う。

「バカだね。あんたらは考えすぎだね」

サーラがいきなり礼儀を投げ捨てて苦笑する。

「あの子をしばらく王都に置いて観察するのはやむを得ないが、基本的には仕事とやりがいを与えていれば妙な気は起こさないさ」

「そういうものですかな」

と宰相は応じたものの、みんなが半信半疑だった。

「とりあえずあの娘の人柄や能力をすこしでも調べるため、学園に入れたほうがよいかと思いますが」

提案したのは魔法大臣である。

「そうだな。己の意思で力を制御できないのも困る。いきなり可能になるとは思わないが、ヒントは摑んでもらいたいものだ」

と軍事大臣が真っ先に賛成した。

「あたしゃ反対だね」

国王以外には敬語を使う気はないサーラが主張する。

「なぜでしょう？　もともと魔女として力をつけていきたいという志向は持っているのでしょう？」

魔法大臣の疑問にサーラは苦笑した。

「あの子はね、魔女として他の分野は全部落第なのさ。素人に毛が生えた程度だから、学園に入れたってついていけるはずがない」

「まさか、そんな……」

重臣たちはにわかには信じられずざわめく。

「そう言えばあの娘の妹はサーラ殿の推薦で入学したのでしたな」

と宰相が思い出す。

「あの娘を推薦しなかったのはそういう事情だったか」

国王の言葉にサーラはうなずいた。

「ええ。あの子は学園で成績が悪くて落第しても気にしないだろうけど、あの子を慕う奴(やつ)らがどう出るかは、あたしにもわかりませんね」

「バーゲストにクロウ・クルワッハか……」

国王の言葉に場がしんと静まり返る。

「では、あなたはどうすればよいと思うのだ？」

宰相が逆にサーラに問いかけた。

「信用できる誰かの下につけて、一緒に仕事させてみたらどうですか？」

サーラは国王に提案する。

「それが無難ですかな。誰が適任なのか……」

国王の言葉に誰も答えられず、悩んでいるとレティが声を上げた。

「では、ジュディス様はいかがでしょうか？」

「私の娘ですか？」

重臣の一人として場にいるフローガ侯爵が、意表を突かれた顔になる。

「ジュディス様は王都でお仕事なさっています。わたくしたちと親しいので、アイリさんに紹介もできますし、遊びに行くこともできるでしょう」

「親しい者が様子を見に行くのは大事だろうな」

と国王は娘の意見を認めた。

「ジュディス殿は宮廷魔法師にも推挙された英才だ。私に異論はありません」

と最初に賛成したのは魔法大臣だった。

「ジュディスって子は何をしてるんだい？」

とサーラが怪訝な表情で問いかける。

「彼女は診療所を経営しています。ケガ人を治療したり、病人に薬を出したり、悪魔憑きを助けたり」

とレティがすこし緊張した面持ちで答えた。

「それならあの子でも手伝いはできそうだね。特に悪魔憑き退治は、あの子の得意分野だ」

サーラは納得する。

「妖精王兄妹に大地の娘ですからな」

魔法大臣が言うと、

「何度聞いても信じられん」

他の重臣がぼろっとこぼし、周囲から同意を得た。

「妖精と悪魔憑きは関係ない。あの子が特別なだけさ」

とサーラが彼らの勘違いを訂正する。

「もっとも隣に妖精王兄妹がいるなら、生半可な悪魔は逃げ出すだろうけどね」

「その辺もできればうかがいたいのですが。なるべく詳しく」

魔法大臣の申し出にサーラはため息をつく。

「仕方ないね。取り扱いを間違えたら大惨事になりかねない連中が、王都をうろつくことになるなら、あんたたちだって心構えが必要だ」

「ありがとうございます」

魔法大臣だけではなく、他の重臣たちも口々に彼女に礼を述べる。

「かたじけない。サーラ殿」

国王も直々に礼を言う。

「あの子の行く末を見守ってやりたい親心はありますからね。妹のほうは放っておいても自分で何とかするだろうけど」

とサーラが言うと、レティがクスッと笑った。

リエルのことを知る者にしか理解できないだろう。

「レティ、お前はもういい。あの子たちと合流しなさい」

「はい、陛下」

公式の場なので国王と王女のやりとりをして、レティは場を去る。

「レティ殿下が親しいのは朗報ですな」

彼女に聞こえないタイミングで宰相が言った。

「だといいのだが」

国王は楽観してない表情で応じ、他の議題に移る。

アイリは特例として用件が終わったあとも王城に留(とど)められた。

「さすがにあなたが泊まる家を急には用意できなくて」

とレティが言うと、

「それは建前でお姉ちゃんを引き留めたいだけだよね！」

リエルがすかさず本当の事情を言い当ててしまう。

「その通りなんだけど、そんな率直に言わなくても」

レティは苦笑した。

王家がその気になれば空き家を一時的に確保するくらいはできただろう。

やらなかった理由はリエルの指摘通りである。

こういうとき、苦笑ですまされてしまうのはリエルの人徳だ、とアイリは思う。

「わたしはお姉ちゃんだけの味方なので！」

「知ってる。というか思い知らされてる、と言うべきかしら」

「この子がご迷惑をおかけしてます」

苦笑を親愛の微笑に変えた王女に、アイリが姉として詫(わ)びた。

「大丈夫。迷惑をはるかに上回るものをもらってるから」

レティは気にしてないと手を振る。

（王女様だけあってさすがの余裕ね）

とアイリは素直に感心した。

デボラが去ったあとも、彼女たちは引き続きレティの私室に残っている。

「というかわたしも泊まりたい！　お姉ちゃんと寝る！」

レティが来たのがチャンスとばかりにリエルは主張をはじめた。

「ちょっとリエル」

アイリは堪らず制止しようとしたが、

「かまわないわ」

レティは笑って許可を出す。

「やったー！」

「え、いいんですか？」

喜ぶ妹をよそにアイリは心配する。

「ええ。どうせ言い出すと思っていたから、すでに根回し済み」

レティは余裕たっぷりにウインクをした。

「重ね重ね、申し訳ないです」

とアイリは彼女に頭を下げる。

「お姉ちゃんがやるならわたしも」

リエルは神妙な顔を作って姉の真似(まね)をした。

「……ま、まさか、リエルが……学園生に知られたら、きっと大騒ぎね」

レティは信じられないものを見る目つきで、リエルのことを凝視する。

「リエル、相変わらずなんですね」

アイリはため息をつく。

「えへへ」

リエルはごまかすように姉に抱き着いた。

「ごまかされないよ？」

「まあまあ」

アイリが意識して怖い顔をつくったところで、レティが止めに入る。

「せっかくの日だから。叱るのは他の日で、ね」

「……わかりました」

さぞ困らされただろうレティに言われたので、アイリは従う。

「失礼いたします」

見計らっていたとしか思えないタイミングで侍女が声をかけた。

「みなさま、食事の準備が整いました。まずはお着替えをお願いします」

「え、また？」

アイリは思わずつぶやく。

「ええ。一応アイリさんは英雄として認められたので、今回ばかりは面倒でも我慢してちょうだい。明日からはかまわないから」

レティは申し訳なさそうな顔で告げる。

「お姉ちゃん、オシャレしたら似合うよ？　お姉ちゃんファッションショーしたい！」

とリエルは目を輝かせて姉を見つめた。

「ここはうちじゃないし、みなさんを待たせちゃうでしょ」

アイリは姉の表情で妹を注意する。

「『準備が整った』は『今から着替えて』という意味だし、よっぽどのことがないかぎり間に合うから平気よ」

とレティがリエルの肩を持つような言い方をした。

「せっかくだからアイリさんにもオシャレを楽しんでもらいましょう」

王女の言葉を聞かされた侍女たちは、闘志に火がついた表情でこくりとうなずく。

「えっ？　わたし、そんな、似合わないと思います」

というアイリの態度は、侍女たちにうやうやしい態度で無視されてしまう。

「まずは試してみましょう」

レティは笑顔で優しく言った。

国王に謁見するための着替えの際に使用した部屋に再びやってくる。

衣装用の部屋なのかと驚きながら、アイリは諦めて侍女たちにされるがままになった。

複数のイブニングドレスを比べられる。

「華やかなのは絶対に似合わない」

アイリは小声で抗議するように言った。

「素材はよろしいので、あとは見せ方ですね」

「失礼ながら、見せ方という点ではわたくしどものほうに一日の長があるかと」

侍女たちはにこやかに応じながら自信をのぞかせる。

「あ、はい」

高貴な女性たちを美しく飾り立てるのが職務となっている人たちだと、アイリはようやく理解した。

気をつけないと彼女たちの能力を疑う発言になると理解したので口をつぐむ。

小ぶりの宝石の髪飾りをつけられ、流行のデザインのドレスを着せられ、首にも華やかなネックレスを用意されて、靴も合わせせられる。

「これがわたし？」

鏡を見たとき、アイリは自分じゃない別人だと驚く。

「さすがお姉ちゃん、めちゃくちゃ可愛い！」

同じくドレスアップされて、いつも以上に可愛らしくなったリエルが手放しに褒める。

「ふたりとも高貴なご令嬢みたいよ」

とレティが大いにふたりを褒め、侍女たちが誇らしげにうなずいた。

「リエルもいつもより可愛いよ」

アイリは忘れていたと妹を褒める。

「ありがとう」

リエルは姉に抱き着こうとしてぎりぎりで自重した。

「さすがにこの服じゃ止めたほうがいいかな」

「リエルが自重した⁉」

レティが驚愕していて、アイリは妹の学園生活を察してしまう。

今さらかもしれないけど。

「そうね。借りものだからね」

とアイリは妹の判断に同意する。

アイリはファッションにうとい。

だが、今身に着けているものの値段がとても高そうなのはわかる。

(もし汚したら褒賞としてもらった金貨が全部なくなっちゃうかも?)

と思う。

「宮廷作法はわかる?」

レティがアイリに確認してきたので、急いで首を横に振った。

「では簡単に教えるわ。付け焼刃でいいから覚えて」

と王女は言って侍女たちも続く。

余裕がなさすぎる日程に悲しくなりながら、アイリは耳と目を必死に動かして、何とか覚えようと努力した。

その甲斐があったのか、会食がはじまったとき、アイリの体は恥ずかしくないように動いてくれる。

リエルがプレッシャーとは無縁な顔で様になったマナーを披露しているが、アイリにしてみれば意外でも何でもない。

（相変わらず飲み込みが早い子ね）

羨ましくなるが、同時に彼女がこの場にいるのはとても心強い。

アイリの正面にはサーラが座っているものの、場数が違いすぎる上にこういうとき、緊張をほぐしてくれる人ではなかった。

料理は銀の皿に盛りつけられて、食べきるのが明らかに無理な量を出される。

（出された量で歓迎する気持ちを表す習慣なんだっけ）

とアイリはレティに教わったことを思い出す。

無駄が多い気がするが、指摘する度胸はない。

左隣に座るリエルと右隣のレティを横目で見て、ふたりがやっているのと同じようにまずはスープを味わう。

「すごく美味しい」

小難しいことは彼女にはわからないが、今まで食べた汁物で一番美味しい気がした。

「よかったわ」

とレティが安堵の声を出し、国王も微笑む。

茹で野菜に魚、パンを食べたあとは大きな肉だった。

「食肉牛のステーキよ。食べたことある？」

と隣のレティに聞かれて、アイリは全力で首を横に振る。

貧しい村にとって牛は乳と農耕のために存在するのであって、食べるためじゃない。食肉用の牛という高級食材は噂で聞いたことがあるだけだ。

「今度学園で一緒に食べようよ、お姉ちゃん」

リエルの無邪気な誘いを聞いて、アイリは妹がすでに経験済みと悟る。

「わたしは無理でしょう」

アイリは自嘲して断った。

学園関係者になれると思えるほど彼女は自惚れていない。

「今度一緒に食べに行きましょう。王都で」

とレティがすかさず誘う。

「え、でもお金……」

アイリの懸念を王女は笑って吹き飛ばす。

「あなたの功績を考えれば安すぎるくらいよ」

「そうだよ、お姉ちゃん！」

とリエルも加勢する。

この二人だけならアイリは遠慮しただろう。

「遠慮しなくてかまわないさ。そのほうが王族のメンツのためにいい」

とサーラが言ったので、アイリは驚きながらも受け入れることにする。

「それじゃ、二人の都合のいいタイミングで」

妹がついてくる気満々なのは確認するまでもない。

「きまり！」

案の定、リエルはニコニコしながら食べるスピードを上げた。

「リエル、はしたないよ」

アイリは堪らず注意する。

ハイテンションになると早食いになって食べこぼしが増えるという悪癖は、やはり変わってない。

「まあまあ」

レティが気にしないでいいと言って、誰も咎めない状況はアイリにとっては奇妙だ。

そこで初めて会食の場の端にいるクロに意識を向ける。

彼女は一言も発せず、黙々と食事を平らげていた。

みんな畏怖の目で見ているものの、話しかける勇気はないらしい。

気持ちはとてもわかるので、アイリは自分の食事に戻る。

デザートとして砂糖とハチミツをぜいたくに使った焼き菓子が出されたほか、アイリが見たことない黒い飲み物もついてくる。

「これはコーヒーだよ、お姉ちゃん。苦かったよ」

とリエルが先回りして教えてくれた。

「酸っぱいものや苦味系はずっと苦手だもんね」

だいたい自分が代わりに食べていたなとアイリはなつかしく思い出す。

「リエルの分にはミルクと砂糖をつけてあるから」

とすばやくレティが言う。

「わーい」

甘いデザートもあるのに、リエルはたっぷり砂糖を入れている。

「前から思ってたけど、そんなに入れて大丈夫なの？」

とレティの質問はおそらく周囲の気持ちを代弁していた。

「この子、太らない体質なんですよ。うらやましいくらい」

とアイリが代わりに答える。

「脂肪じゃなくて魔力になるのかしら？」

レティが首をかしげると、

「ああ。リエルの特異体質みたいなものだね」

さりげない口調でサーラが肯定する。

「姉妹で差があるなと思ったら……」

アイリはちょっと悲しい。

彼女だってぷにっとした部分が気にならないわけじゃないのだ。

「う、うーん。じゃあお姉ちゃんのためにそういう魔法がんばって作る！」

さすがのリエルもすぐにはフォローを思いつかなかったのか、ちょっと苦しい。

「それは素敵な魔法ね」

ところが、レティは勢いよく食いついてきて、王妃も目に期待を宿す。

どうやら女性としての悩みは王族も同じらしい、とアイリは初めて彼女たちに親近感を抱く。

「リエルなら作れてしまうかもね」

とアイリはつぶやいた。

妹の集中力と行動力のすごさを知っているからの言葉だ。

「がんばる！」

「アイリの次にわたしにも使ってくれる？」

とレティが問いかけるとリエルは固まる。

その発想はなかったと表情に書いてあった。

「いや、わたしのためだけに使わなくてもいいでしょ」

と予想していたアイリが苦笑する。

「お姉ちゃんがいいなら？」

リエルは答えてからケーキを頰張った。

アイリもデザートに意識を向けて、興味本位でコーヒーに口をつける。

「ちょっと苦いけど美味しい」

彼女の好みに合う味だった。

「そのまま飲むなんてお姉ちゃんは大人だあ！」

リエルは手を止めて本気で感心している。

「大げさね」

「いきなりその飲み方は上級者かもね」

とレティまで感心したのはアイリには意外だった。

単に好みの問題だと思うのだが。

「よかったら、コーヒー豆を差し上げようか」

これまで黙っていた大臣のひとりがアイリに話しかける。

いきなりのことに彼女は緊張しながら返事した。

「コーヒー豆って何ですか？」

「これは失礼」

コーヒーの存在を知らなかったことを失念していた大臣はあわてて説明する。

「というわけだ」

「ごめんなさい、知らないことを覚えられる自信がなくて……」

アイリはおそるおそる断った。

偉い人の厚意を受け取らないなんて、彼女の感覚からすれば竜の顎に飛び込むのと変わらないが、自分で淹れられる自信がどうしてもない。

「当然だな。ほしくなったらいつでも言ってほしい」

大臣はあっさり引き下がってくれたので心底ホッとする。

会食はつつがなく終わり、アイリたちは用意されていた部屋に引き上げた。

会食の参加者は国王夫妻、レティ、アイリ、リエル、デボラ、あとは大臣たちが数名とサーラ、クロという小規模なものだった。

これは一般的なのか、それともアイリへの配慮なのか、彼女には分からなかった。

# 第二話 新居と新しい仕事

Chapter 02

夜、アイリは眠れなくて、スヤスヤと眠りこけている妹を起こさないように、そっと部屋の外に出た。

当たり前だがどこを見ても立派な王城の中である。

「場違いな気がする」

とつぶやく。

「くだらん悩みと言いたいが、それが貴様の在り方か」

「ひゃあぁ!」

音も気配もなかったはずなのにいきなり話しかけられ、アイリは奇声を上げて飛び上がった。

びっくりして振り向くと呆れた顔のクロが立っている。

「クロはよく付き合ってくれたね」

アイリは安心して話しかけた。

「貴様の行く末を見守るだけだ。どうということはない」

クロは何でもなさそうに答える。

彼女は人間たちのルールやしがらみに何も感じないのだろうか。

（価値観が違いすぎるものね）

とアイリは受け入れる。

「お仕事とか手伝ってくれるの？」

彼女が気にしたのは未来のことだ。

クロが戦力として手を貸してくれるなら、できることは飛躍的に増えるだろう。

「行く末を見届けるとは言ったが、小間使いになると話した覚えはないぞ」

クロは眉をすこしひそめ、冷淡な返事をする。

そこまで甘くないか、とアイリはがっくりした。

「貴様はまず自分を見つめなおし、できることをやっていけ」

クロは腕組みをして言い放つ。

「助言くれるの？」

アイリが首をかしげると、

「放っておくと宝を泥の中に落としそうだからな、貴様は」

心配されてるのか、それとも酷評されてるのか、判断に迷う返事が発せられる。

「うん、ありがとう」

アイリは前者だと解釈して礼を言う。

「なら寝ろ。人間は寝ないと死ぬだろう」

クロのぶっきらぼうな優しさに背中を押され、アイリは寝室に戻る。

今度はよく眠れた。

朝食は昨夜と変わってアイリの知り合いのみで、ホッとした。

食後のお茶はレティの私室でして、今は外出のため城内を移動していた。

「朝は寂しかったでしょう」

とレティが言ったので目を丸くして、首をぶんぶんと横に振った。

「あれくらいでちょうどいいです」

アイリはひとりぼっち飯が苦にならないタイプである。

他人に気を遣わなくてよいのが最高だが、さすがに王女には言えなかった。

「お姉ちゃんは静かなほうが好きだよね！」

リエルは笑顔で彼女をフォローしてくれたが、

「学園はどうしたの？」

アイリは状況に突っ込みを入れる。

「今日はお休みだよ。もともと調査の期間を長く設定されてたからね」

リエルは何でもないように言う。

そう言えば期間については聞かされたなと思いつつ、アイリはちらりとレティを見る。

「ウソじゃないわよ。義務付けられてた報告は何とか終わったし」

と王女は苦笑した。

「ご褒美で休みももらえたから、いっしょにいられるよ！」

城の外に出たところでリエルが笑顔で抱き着く。

慣れた様子でアイリは避けるが、それを想定していたリエルはターンして抱き着きなおす。

「つかまえた！」

そして勝ち誇る。

目撃したレティは遠慮なく笑い、見送りの侍女たちは、プロの意地で離れた位置でもすまし顔を守った。

「でも、王都を案内してもらえるのは助かるかも」

アイリは人見知りなので、知らない人に話しかける勇気はなかなか出ない。

「お姉ちゃんってわりと方向音痴だもんね」

リエルは無邪気にニコニコしている。

単純に姉の役に立てるのがうれしいのだとアイリは知っていた。

「姉妹で行きたいかもだけど、わたしもついて行っていい？　紹介もあるから」

とレティが申し出る。

「大丈夫ですけど、こっちこそいいのですか？」

アイリは目を丸くして問いかけた。

貴族社会のことは知らないけれど、案内や紹介は一国の王女がやる仕事じゃない気がしてならない。

「ええ。アイリさんの新しい家と職場案内なんだけど、わたしが適任だと思うのよね」

とレティは答える。

「そういうものですか？　村への連絡は？」

「こっちでやるわ」

アイリには指摘する勇気がなく、話を合わせることにした。

「まずは家を見に行って、それから職場という段取りでいいかしら？　お昼休憩か、仕事が終わったあとがいいというのが先方の要望なの」

とレティは確認する。

「大丈夫ですけど、どういう人なのですか？」

アイリは質問する。

王家の紹介だから変な人じゃないだろうと思いつつ気にはなっていた。

「ジュディス様と言って学園の卒業生よ。王都で診療所を開いていて、医療行為や悪魔退治をおこなってる人だから、アイリさんにはぴったりじゃないかしら」

とレティは話す。

「そんな人が？」

アイリは目をみはった。

「あの、わたし、医療行為なんてできないですけど」

一応彼女は告げる。

悪魔を追い払うくらいならできるのだが、過大評価されてるんじゃないかと不安になった。

「実際に会ってみて、無理そうだったら断っていいよ」

とレティが言うので、アイリはひとまず従う。

「ダメだったらレティからお仕事もらったら？」

とリエルは無邪気な提案をする。

「えっ、それってどうなの？」

アイリはためらい立ち止まる。

「いいわよ、気にしないで。むしろどんどん頼って」

レティはここぞとばかりに言う。

「は、はあ」

アイリが面食らっていると、

「ガンガン頼るほうが喜ばれると思うよ？」

リエルが口をはさみ、レティが何度もうなずく。

「そうなんだ」

ならかまわないのかなとアイリは思う。

「家はどのへんですか？」

とアイリは話題のために聞いてみる。

「治安が良くて、学園からもお城からも遠くないエリアを選んだわ」

レティは言って前に出た。

「楽しみ!」

アイリ自身よりもリエルのほうがワクワクしている。

奇妙と言えば奇妙だけど、自分たちらしいなとアイリは思った。

レティの先導でやってきたのは、大きな通りから一本裏に入ったところにある小さな家だった。

「大きな屋敷を用意したいと父や重臣たちは言っていたけど、アイリさんの性格を考えればこちらのほうがいいと進言したのよ」

「その通りです。とてもありがたいです」

アイリは王女の気遣いに本気で感激する。

豪邸みたいな建物でひとり暮らしなんて、想像するだけ頭が真っ白になってしまう。

「できれば目立ちたくないですし……」

とアイリが言うと、

「それは無理でしょうね」

「無理だと思うよ、お姉ちゃん」

レティとリエルの声が重なる。

「ううう」

アイリはしょんぼりしたくなった。

「希望にはできるだけ沿うけど、不可抗力というものがあるから」

レティは彼女をなだめる。

「家に入ってみようよ！」

とリエルはドアを開けようとガチャガチャ音を立てる。

「カギはかけてあるわよ」

レティは苦笑して二つのカギを開けた。

中はキッチン、ダイニング、リビング、寝室に分かれている。

「広すぎなくてちょうどいいかも」

とアイリは安心した。

「変わってるよな。人間は無駄に広い家が好きかと思ったが」

前触れもなく妖精王オベロンが出現して感想を述べる。

「!?」

驚いて警戒したのはリエルとレティの二人だけで、妖精との付き合いに慣れているアイリは今さら動じない。

「アイリと他の人間をひとくくりにするなんて無礼な兄ですね」

当然という顔でオベロンの妹、妖精女王ティターニアも姿を現す。

「あれ、エルは？」

とアイリはたずねる。妖精、大地の娘エインセルは見当たらない。

「気が向いたら来るんじゃないですか？」

「あいつは来なくていい」

妖精の妹と兄の反応は両極端だった。

家の中は清潔で今すぐに生活しても問題ないだろう。

「今日ベッドが届くように手配済みだから、それを待ってくれる？」

とレティは言う。

アイリはうなずいた。

「せっかくだからお茶を淹(い)れましょうか」

とティターニアが言うと、

「ああ。アイリには妖精のお茶をご馳走(ちそう)しよう」

とオベロンが張りきった。

「じゃあわたしたちも便乗しちゃおう」

リエルは笑顔で堂々と言い切る。

「厚かましいやつだな」

オベロンは顔をしかめたが、

「可愛い子ですね。さすがアイリの妹」

ティターニアには好評だった。

「わーい」

「相変わらず可愛がられるのが上手いわね」

とアイリは感心する。

「たしかに学園でも可愛がられてるわ」

レティは相槌を打つ。

「何となくエインセルっぽいんだよな」

オベロンはぶつぶつ言って、レティに視線を向けた。

「おい人間、ティーカップは？　何もないのか？」

「ごめんなさい、まだ手配中なんです」

レティがあわてて謝る。

「ちっ、使えないな」

「お姉ちゃんが使うんだから、お姉ちゃんの好みが優先に決まってるでしょ」

リエルがレティをかばってオベロンに言い返す。

「兄はその辺気が利かないのです」

ティターニアがここぞとばかりに加勢し、ティーセットを出してみせる。

「念のため、自前のものを持ってきておきました。これを使いましょう」

「ティターニアのティーセット!? あれ、伝説じゃなかったの!?」

レティは愕然とする。

リエルがきょとんとしたので、

「ティターニアはお茶好きで自分のティーセットを持っている、なんて言い伝えがあるのよ。わたしも作り話だと思ってた」

とアイリが話す。

「わたしたちが夫婦にされたのは論外ですが、合ってる逸話もありますよ」

とティターニアは微笑み、兄を無視して勝手にお茶を淹れる。

「お、俺の立場は!?」

「自分で飲めばいいじゃないですか」

騒ぐオベロンに対してティターニアは塩対応。

アイリはオベロンの距離感が苦手なので、ティターニアを選ぶ。

リエルは言うまでもなくアイリにつく。

「あの、わたしでよければ」

とレティが申し出るが、

「いや、けっこう。自分で消費する。それならティーカップいらないからな」

オベロンはむすっとした顔で拒否し、魔法の力で液体を自分の口に流し込む。

はたから見ればかなりシュールな光景である。

「兄は横着者ですよね」

と遠慮なくティターニアはこき下ろして、人数分のお茶を揃(そろ)えた。

「はい、あなたの分もありますよ」

とオベロンに拒否されたレティの前にティーカップを置く。

「ありがとう」

レティはお礼を言ったあと、

「椅子くらいは用意させるべきだったわね」

反省の弁を口にする。

「わたしは別に気にならないです」

アイリは床に座り込む。

子ども時代、こうしてお茶を飲むのは珍しくなかったからだ。

「久しぶりに子どもに戻った感じがする」

とリエルが彼女の左横に座ってなつかしそうに言って、お茶を飲む。

「……薬湯を飲んでるみたいで苦い」

とリエルは顔を思いっきりしかめた。

「まだ花の蜜を入れてないからですね」

ティターニアは苦笑して、蜜をお茶にたらす。

「これでだいぶ変わりますよ」

リエルは素直に再び口をつけて、

「ほんとだ！　美味しい！　何で!?」

と歓声をあげる。

「妖精の秘密のレシピです」

ティターニアは笑顔で問いかけをかわす。

「本当だ、美味しい」

とアイリも満足する。

「そうでしょう。アイリなら今度、いっしょにお茶摘みに行けますよ」

ティターニアの言葉に彼女は驚いた。

「お茶摘みって妖精の里で？」

「ええ。誰でも連れて行っていいわけではないですけど」

とティターニアは答えてリエルをけん制する。

「ぶー」

リエルは不満たっぷりに頰を膨らませて抗議した。

「いつか一緒に行けたらいいね」

とアイリは妹をなだめる。

「うん！」

たちまち機嫌が直ったリエルはお茶の味を楽しむ。

「お茶摘みかあ」

レティにとって夢や幻想みたいな展開が続出している。

『妖精の里のお茶摘み』は、決して遭遇できない幸せな時間のたとえ、という意味で伝わっているからだ。

アイリと一緒ならあり得るのだと、頭では理解できても心がまだついてきてない。

「アイリとお茶摘みか。いつ行ける？」

立ち直ったらしいオベロンが笑顔で問いかける。

「しばらくは無理かな」

とアイリは断った。

王都での暮らしに慣れるのにいっぱいいっぱいになってしまうに決まっている。

とてもじゃないけど、ほかのことは考えられそうにない。

「急がないのでアイリが行きたいときにどうぞ」

とティターニアは受け入れ、アイリはホッとする。

「ねえねえ、わたしはダメなの？」

リエルは諦めずティターニアに問いかけた。

「アイリの妹でも難しいでしょうね」

「そっかあ」

重ねてティターニアに断られ、ようやくリエルは諦めたようにお茶をまた飲む。

（絶対諦めてないよね）

とアイリは思う。

リエルがどういうときに頑固で往生際が悪くなるか、彼女はよく知っている。

しかし今言葉に出す意味はないので何も言わないでおく。

「本当にお茶が美味しいわ」

とレティは感嘆する。

普段飲んでいるものと味の比較は難しいが、希少性という点ではこちらのほうが圧倒的に上回っていた。

「付き合ってくれてありがとうございます」

とアイリはレティに礼を言う。

「いいのよ」

王女は笑って首を振る。

政治的に都合がいいという理由は、おそらく純粋なアイリにはイマイチ呑み込めていないだろう。

「ねえ、お姉ちゃん、泊まりに来てもいい？」

とリエルが期待を込めて聞く。

「わたしはいいけど」

アイリはちらっとレティを見る。

「ちゃんと申請すればその辺はゆるいはずよ」

というのが王女の答えだった。

「わーい、じゃあ毎日泊まる！」

リエルが無邪気にはしゃぐので、

「それってお泊まりじゃなくて引っ越しでは？」

アイリは指摘する。

「引っ越しも、できないわけじゃないはず」

とレティは答えた。

「じゃあ引っ越していっしょに暮らしたい！」

リエルは主張するが、アイリは首を横に振る。

「しばらくは別々に暮らしたほうがいいと思う」

「えー!?」

姉の返事に彼女は不満の声をあげた。

「その気になれば会える距離にいるんだから。ね？」

「……はぁい」

アイリが優しく言い聞かせると、リエルはしぶしぶうなずく。

「アイリさんが王都にいるのはありがたいかも」

見ていたレティがぽつりと言った。

「台風みたいな子なので」

アイリが申し訳なさそうな顔をすると、

「台風と太陽を合わせた感じかしら。パワーはけた違いよね」

とレティは応じる。

困っているだけじゃないという響きなのが、アイリには救いだ。

「大げさだよね。あたしはあたしなのに」

とリエル自身はわかってない発言をする。

「周囲がどう思うか、も大事よ？」

とアイリが姉として言い聞かせようとしたら、

「それならお姉ちゃんもでしょ！　似た者同士じゃん！」

見事に逆襲されて言い負かされてしまう。

もっともリエルはとてもうれしそうな表情だったので、「似た者」をアピールしたかったただけかもしれない。

「仲のいい姉妹で眼福です」

とティターニアはニコニコしている。

「何か含みがあるな、妹よ？」

オベロンが胡乱な目で見ると、

「深読みしすぎです、兄よ」

すまし顔で彼女は切り返す。

「この二人も仲良さそうじゃない？」

とアイリが言うと、

「違う」

「違いますよ」

妖精兄妹は同時に否定する。

「そいつら本当に仲良くないよ」

と前触れもなくエルが会話に入ってきて、アイリ以外の全員が仰天した。

「相変わらず驚かせるのが好きですね」

仲良しのティターニアは苦笑しただけだが、

「お前、いい加減にしろよ」

とオベロンは直接的に文句を言う。

エルはそれを無視してアイリをちらっと見る。

「妖精のお菓子って興味ない？」

とニヤッと笑みを浮かべて聞いた。

「え、興味ある」

アイリは思わず食いつく。

「妖精のお菓子ってどんなの？」

リエルまでもが目を輝かせる。

「今は手ぶらだから、今度来るときに持ってくるね」

「約束ね」

アイリとエルは約束した。

「こいつわりと約束を破るぞ。気をつけろ」

とオベロンが横から忠告してくる。

「ティターニアやアイリとの約束は守るよ？」

エルは真顔で言って、オベロンを絶句させた。

「オベロンには悪いけど、信じられるかな」

とアイリは遠慮がちに言う。

「なんて奴だ。いや、悪いのはエインセルだ」

オベロンの不満をエルは受け流す。

「ところでアイリは何でここにいるの？　村じゃなくて」

そして事情をたずねてきたので、アイリは手短に説明する。

「ふうん。人間社会のシステムの都合なんだ」

エルは納得した。

「どうやってアイリさんがここだってわかったの？」

「え、わかるでしょ？」

レティの質問にエルはきょとんとする。

何でわからないのかとその表情には書いてあった。

「妖精ならではの超感覚だと思います。……ほかにも持ってそうですけど」

アイリの言葉にレティはうなずく。

あと二匹（？）くらいできそうな存在は彼女も思いつける。

「ところでお前ヒマなのか？」

とエルにいやみを言ったのはオベロンだ。

「あなたほどじゃないわよ」

エルは舌を出す。

相変わらず仲が悪い。

「えっと、これから予定があるから、ケンカするならよそでやってもらっていい？」

アイリはお願いする。

彼らのせいで人と会う予定がズレては申し訳ない。

彼女は人間相手よりは勇気が出せるのだった。

「おっとすまない。もちろん邪魔なんてしないさ」

オベロンはキラッと王子様スマイルを向けるが、アイリは受け流す。

「このまま向かいますか？」

とレティに問う。

「そうね。少し早いけど行きましょうか」

王女はうなずいた。

「はーい！　わたしも行く！」

リエルは当然だという顔で主張する。

「えっ？　迷惑でしょう？」

アイリは困った顔で止めようとした。

「ジュディス様だし、後輩にあたるリエルならおそらく大丈夫でしょう」

とレティは答える。

「わーい！」

リエルが喜ぶと、アイリは王女を見た。

「あまりこの子を甘やかさないで欲しいです」

ちゃんと姉をしてるのだなとレティは感心したものの、

「彼女を説得するのは大変だから……」

次にはため息をついていた。

「それはわかります」

アイリもため息をつきたくなる。

「大所帯で押しかけてもご迷惑にならないでしょうか？」

と彼女は懸念を伝えた。

「大丈夫と言いたいところだけど、問題はメンツのほうよね」

レティは考え込む。

オベロン、ティターニア、クロ、そしてさりげなく家の中で鎮座してるバーゲスト。

何かの冗談としか思えない名前が並ぶ。

「この子だけは置いていきましょうか」

と言ってアイリはバーゲストの頭をなでる。

「いいの？　すごい顔してるけど」

レティが指摘したように、バーゲストは愕然としてアイリを見上げていた。

「診療所に動物はよくないかと。クロみたいに人の姿になれるなら別ですけど」

とアイリが言うと、バーゲストはしゅんとして床に伏せてしまう。

「なれないみたいね」

「できそうな流れだったから意外！」

レティはともかくリエルの言葉の意味はアイリにはわからない。

「留守番してもらえるとありがたいの」

とアイリが言ってもう一度頭をなでると、バーゲストは立ち直って「ワン」と吠える。

「こうして見てると犬にしか見えないわね」

「同じこと思った！」

レティとリエルは顔を合わせて笑う。

「それはわたしも思う」

アイリがなでていると、バーゲストは頭を彼女の太ももの上にのせてくる。

「甘えてるのかな」

「……ところで呼び方はどうするの？　できれば人に聞かれてもいいものを、考えてほしいの」

微笑むアイリにレティが依頼した。

「それもそうですね」

とアイリはうなずく。

バーゲストは災厄として名高い。

さすがに今の姿からは簡単に結び付けられないだろうが、配慮したほうがよさそうだ。

「セグはどうかな？」

少し考えてアイリはアイデアを出す。

「ワン」

返事をしたバーゲストの様子から不満はなさそうだ。

「じゃあ今からセグね」

「ワン」

もう一度セグが吠えたのでアイリは顎をなでる。

「覚えやすくていい名前！　セグ！」

リエルが喜んで呼びかけるが、セグは無視した。

「あら」

レティは目を丸くしたが、

「お姉ちゃんじゃないとダメってよくあるやつ！」

本人は気にせず笑っている。

「もう、この子は妹なんだから、無視しないで」

とアイリが叱ると、セグは仕方なさそうな顔でリエルを見る。

「あ、これ、妥協する顔だ。知ってる」

リエルはケラケラ笑う。

「この子はけっこうわかりやすいよね」

とアイリも微笑む。

レティはどうなのだろうと思ったけど、こういうとき意見をよく聞くデボラはあいにくと不在だ。

「すみませんが、案内をお願いします」

アイリは改めてレティに頭を下げる。

「ええ」

律儀だなとレティは感心し、こういうところが魅力的なのだろうと推測した。

「面白いことある？」

とエルが興味を持つ。

「ついてきてもいいけど、先方に迷惑かけないで」

とアイリがエルに釘（くぎ）を刺す。

「はーい」

とエルが返事をすると、

「こいつに言うことを聞かせられるなんて、君と大地の精霊くらいだろうな」

オベロンが感心する。

「え、そう？」

アイリはきょとんとしたが、ティターニアが真顔で首を縦に振った。

（自由奔放そうとは思っていたけど）

まさかそこまでとは。

「えー、オベロンがグチグチうるさいだけだよ？」

エルはあっけらかんと他責発言をする。

「なんだと」

「待った」

言い争いがはじまる前にアイリが間に割って入った。

「オベロンもエルも留守番しててね」

「えー!?」

「なんでこいつと」

両者の抗議をアイリは首を横に振って却下する。

「レティさん、リエル、ティターニアとで向かいましょう」

とアイリは呼びかける。

「わーい」

リエルは自分が行けるなら文句はないようで無邪気にはしゃぐ。

悔しそうな妖精二柱としょんぼりしたセグを置いて、彼女たちは家を出る。

# 第三話　ジュディス診療所

Chapter 03

レティに連れて来られたのは人が多く、活気のある大通りの一角だった。

「ここって有名な一番通りだよ、お姉ちゃん」

とリエルがアイリに教える。

「何がどう有名なの？」

省かれた部分について突っ込みを入れると、

「有名な料理店、カフェ、人気の雑貨店が揃ってるのよ」

代わりにレティが笑いながら説明した。

「そうなんですね」

レティの言葉にうなずくと、

「美味しいお菓子食べられるカフェに今度行こ！」

とリエルは言ってくる。

アイリが再びうなずいたところで約束は成立。

「アイリさん、詳しくないのね？」

レティが首をかしげる。

悪気はなさそうなので、

「ええ、いっぱいいっぱいな日々だったので」

アイリは平常心で答えられた。

「ああ、あそこよ」

とレティが指さすと四十代ぐらいの女性が、白い上着を羽織った若い女性にお礼を言って離れていくところだった。

「ジュディス様よ」

「あの人が」

レティの言葉にアイリはつぶやく。

すると聞こえたかのようにジュディスは彼女のほうを向いた。

「あら、レティ様。お久しぶりですね」

ジュディスはにこりと微笑む。

老若男女から人気を集めそうな優しい顔だ。

その瞳が次にアイリを映す。

「は、初めまして、アイリと言います。お世話になります」

緊張で顔がこわばるのを自覚しながら、彼女は何とか名乗った。

「初めまして。話はレティ様からある程度聞いてるわ」

と言ってジュディスは手を差し出す。

苦労を知らない貴族令嬢の美しいものではなく、現場で苦労と研鑽を経てきた人のものだと、アイリは握手をしながら思った。

「妹が欲しかったの。歓迎するわ」

とジュディスは微笑む。

「妹のリエルです！」

リエルは元気よく名乗り、ジュディスも笑う。

「付き添いのティアです」

人が多い往来だからか、ティターニアはフルネームを名乗らなかった。

「あなたは……」

ジュディスは何かを感じたように目を丸くする。

「続きは中で話しませんか」

とレティが言ったのは、通行人の中にちらちら彼女たちを見ている者がいるからだ。

「ええ、そのほうがよさそうね」

ジュディスは同意してアイリたちを招き入れる。

一階が診療所、二階が自宅になっているのだと階段をのぼりながらジュディスは話す。

「ここで暮らしているのですか？」

若い貴族の女性に抱いていたイメージとの差に、アイリは驚きを隠せない。

「ええ。両親の反対を押し切ってね」

とジュディスは苦笑に近い表情を見せる。

「ジュディス様は在学中に宮廷に推薦された英才だったから、わたしも最初は驚いたわ」

とレティはふり返った。

「名誉なことではあったけど、私のやりたいことではなかったのよ」

ジュディスは配慮しながらも、譲らない芯の強さを見せる。

「何もないけど、リビングくらいは一応あるから」

とジュディスはドアを開けて言う。

通されたリビングは清潔で白を基調とした落ち着いた空間だった。

質実という言葉が似合うのはジュディスの人柄だろうか、とアイリは思う。

「大したもてなしはできないけど」

　と言ってジュディスが指を鳴らすと、冷蔵庫の中からお茶が入ったボトルとティーカップが彼女の前に並ぶ。

（正しい魔女の魔法だ）

　とアイリはうらやましく思う。

「ご飯を食べに行くのもアリかしら？　休憩は四時間ほど取れるから」

　ジュディスはお茶を淹れながら提案する。

「このメンバーで、ですか？」

　アイリはちょっと不安を抱く。

　ティターニアと王女は大物すぎないだろうか。

「正体がバレなければいいんじゃない？」

　とレティが言うと、

「そもそも私も実家の身分を隠してるもの」

　とジュディスがいたずら少女みたいな笑みを浮かべる。

「侯爵令嬢が個人診察所をやってると言ったところで、誰も信じない気がするけれど」

　レティは苦笑した。

「えっ？　えっ？」

アイリには驚きの情報が多い。

若くして王都に診療所を持てるのだから優秀なのだろう、で止まっていたのだ。

「アイリさんを近くに案内するチャンスだし、外で食べましょう」

というジュディスの言葉に異論はなかった。

「お姉ちゃん、二人でも行こうね！」

どこに行くかもわからないのにリエルはぴょんと立ち上がって、誘ってくる。

「気が早いよ」

アイリは慣れた顔でたしなめた。

「仲いいのね」

微笑んだジュディスの声には羨望が混ざっている。

他人を気にするタイプのアイリは直感的に察した。

「はい。お姉ちゃん大好きです」

リエルはここぞとばかりにアイリに抱き着く。

「しょっちゅう抱き着かれるので困ります」

とアイリは正直に話す。

「ならお姉ちゃんから抱き着けば解決では？」

リエルは名案だという顔で提案するが、

「どうしてそうなるの」

アイリはもちろん却下する。

「みんなとご飯に行くんだからまた今度ね」

「はぁい」

真面目な顔をして言うと、ようやくリエルは離れた。

「ジュディス様はお好きな食べ物はありますか？」

階段を下りながらアイリは問いかけた。

「好きなのはハーブかしら。それと、様づけは大層だから、砕けた呼び方のほうがいいわね」

ジュディスの返答に彼女はうなずく。

「ではジュディスさんとお呼びします」

二人の話がまとまったところで、

「わたしも呼び捨てのほうがいいかな」

レティが自分の希望を伝える。

「えっ」

無茶ぶりだとアイリは声を上ずらせた。

「そんなに難しいかしら」

レティは不満そうに首をかしげる。

「レティはびっくりするくらい平民的だよね」

とリエルは言い、アイリはたしかにと思う。

外に出る直前、

「私は食事がいらないのでまたあとで」

と言ってティターニアは姿を消す。

「ジュディスさん、休憩ですか？」

「ジュディスさん、お客さん？」

外に出て歩いていくと、何人もの人がジュディスに話しかけてくる。

笑顔で応対するジュディスを見て、

（とても慕われるすごい人なのかな）

とアイリは思う。

「ごめんなさい。今は連れがいるので」

とジュディスが言えばみんな名残惜しそうに引き下がる。

これもすごいことではないか、とアイリは思いながら眺めていた。

（チラ見されるのは仕方ないよね）

自分が慕う人の近くに誰がいるのか、気になるのは道理だから。

ティターニアが姿を完全にくらましたのは正しい判断だったと思える。

ジュディスの案内でやってきたのは、五軒ほど隣のベーカリーだった。

「パンのいい匂いがする」

とリエルが言ったように、空腹を刺激する香りにアイリの腹の虫が鳴る。

店内には何人もの客が並んでいた。

「二階がカフェエリアになってて飲食できるのよ」

とジュディスが説明する。

「王都ではけっこう珍しい形態かもね」

とレティが言う。

「初めて聞いた。珍しいと思うよ、お姉ちゃん」

リエルの言葉にアイリは「そうなんだ」とうなずいた。

客の多くはパンを買ったあと、そのまま店外に出ていく。

「店で食べない人が多いのですね」

とアイリが言うと、

「自宅でゆっくり食べたい人が多いのかも」

とジュディスは答えた。

「それはわかります」

人が多い場所が苦手なアイリは共感する。

「真情がこもってそうね」

ジュディスは微笑む。

「あうう、ご、ごめんなさい」

アイリは半ば反射的に謝る。

「わたしは診療所に向いてないかもしれません」

人を診察する仕事をする者としては、あまり褒められたことじゃないという認識はあるからだ。

「いいの。苦手なことは苦手だと教えてくれるほうが、働きやすいわ」

ジュディスは優しく受け入れる。

順番が来たので各々が好きなパンと飲み物を買って二階に上がった。

「ちょうどあいてよかったわ」

とジュディスが言う通り、人数分の席を確保できた。

アイリとジュディスが向き合い、リエルはアイリの右隣に座る。

「アイリさんは小食というわけではなさそうね」

「ええ」

ジュディスが言うように、アイリが買ったのはパン三つにスープにお茶と、女子としてはなかなかの量だ。

もっとも彼女の妹のほうが食べるのだが。

「ジュディスさんはパンとコーヒーだけなのですね」

アイリも口にする。

ジュディスはお互いのことを知ろうとしていると察したからだ。

「体にはよくないけど、診察が終わるまでは軽めにしておきたくて」

とジュディスは苦笑に近い笑みを浮かべる。

「おなかいっぱいだと集中力落ちますよねー！」

彼女に同意したのはリエルだった。

「リエルさんから同意を得られるとは思わなかったわ」

ジュディスは目を丸くする。

リエルが確保した量を見れば当然だろう。

「この子の集中力はすごいので、多少下がっても変わらないです」

とアイリが説明する。

「そうかな？」

リエルは首をかしげた。

「ええ。似た者姉妹と言えるわね」

とレティが評価する。

「診療所はどういう仕事が多いですか？」

アイリは不安を払拭できることを期待して問う。

「そうね。一番多くて大切なのは『話を聞く』ことかしら」

ジュディスはコーヒーを一口飲んで答える。

「患者さんはどういう状態なのか、何を望んでいるのか、知らないとできないことがあるのよ」

という言葉にアイリはふむふむとうなずく。

人見知りの自分にできるのかという懸念はあるが、予想できていた内容だ。

「他に何かありますか？　わたしでもできそうなこと」

　つい不安に負けてしまいアイリは直接的な問いを発する。

「あわてないで」

　ジュディスは優しく笑いかけた。

「少しずつ仕事を覚えてくれたらいいから。ね？」

「は、はい」

　アイリは柔らかく包み込まれる感覚になりながらうなずく。

「『急ぐと仕損じが増える』って言うよ、お姉ちゃん」

　リエルもジュディスと同じ考えらしく、ことわざを持ち出す。

「そうね……」

　役立たず状態が長かったアイリとしては、早く誰かの役に立ちたい気持ちは強い。

（でも、わたしがいきなりできるはずないよね）

　と自虐気味に自身に言い聞かせてお茶を飲む。

　ハーブの香りがいい作用をもたらす、気がする。

「ハーブ茶が好きなの？」

　とジュディスは興味を持ったように聞く。

「というか他があまり好きじゃなくて」

アイリははにかむ。

「田舎だと美味しい飲み物って少ないんだよ」

リエルが姉をかばう発言をする。

「こら、礼儀を守りなさい」

それでも姉として言わなきゃ、と注意した。

「いいのよ」

ジュディスは笑ってリエルの馴れ馴れしさを許す。

子ども相手で慣れているのだろうか、とアイリは推測する。

「あの、いつからお手伝いすればいいのですか？」

アイリは一番気になっている点に触れた。

「私はいつでもかまわないけど。休診日以外はね」

とジュディスは冗談を言う。

アイリが緊張しているので、なごませたいのかもしれない。

「今日からでもいいのですか」

彼女の優しさを感じながらアイリは一歩踏み込む。

「あら、すごいやる気ね」

ジュディスは予想してなかったと目を丸くする。

「早く慣れたいので」

とアイリは答えた。

戦力として一人前になるまで時間はかかる前提だから。

言えない部分を飲み込んだ結果、意図した内容と変わってしまった気はする。

「そう。じゃあ今日の午後からお願いしましょう」

ジュディスは目を細めて返事する。

「いいんですか」

自分で言い出したとはいえ、さすがに急すぎるのでは、とアイリはびっくりした。

「ええ。『やる気と薬草は鮮度が重要』とも言うもの」

ジュディスもことわざを持ち出す。

「だからアイリさんがその気なら歓迎するわ」

「ありがとうございます」

アイリはホッとしたが、

「あ、わたし、さっき犬と触れ合ってたのですが、平気でしょうか？」

すぐに疑問が浮かんだので問いかける。

「犬？　どんな？」

ジュディスが困惑を浮かべると、レティが声を低くして言う。

「神獣バーゲストですよ。いまアイリが従えているんです」

「!?!?!?」

さすがのジュディスも絶句して固まった。

「言ってなかったのですね」

とアイリが言うとレティはうなずく。

「さすがになかなかね」

「言えるわけないよ、お姉ちゃん」

リエルもケラケラ笑う。

「そう。将来が有望な子だと聞いてはいたけれど」

ジュディスはゆっくり再起動し、嚙(か)みしめるように言った。

「それなら平気ね。ご利益はあっても健康には影響出ないだろうから」

と許可を出す。

「わたし、見学したいなあ」

とリエルが言い出したのはアイリが働くからだろう。

「それはダメでしょ」

アイリはすかさず反対する。

妹のほうが魔女としてはずっと戦力になるだろうが、だからといって医療行為が務まるとはかぎらない。

「見学者を受け入れる余裕はないわね」

さすがのジュディスも苦笑して断った。

「当然よ」

レティも同調する。

「ちぇーっ」

リエルは悔しそうにしながらもごねなかった。

「将来はわたしもお姉ちゃんと働きたい！」

とリエルは気を取り直して主張する。

「それはどうなんでしょう？」

アイリは困惑を隠せず、レティを見た。

自分と妹ではできることが違いすぎるんじゃないだろうか。

「二人の適性を考えると難しいと思うわよ」

レティは隠さず答える。

「えー」

リエルは不満を表に出す。

「とりあえず学園を卒業してからでいいんじゃない？」

アイリは先送りを選ぶ。

「そうだね」

リエルも一応は納得して引き下がる。

「アイリさん相手だと聞き分けがいいのね」

レティは羨ましそうに言った。

否定しても無駄なのでアイリは遠慮がちにうなずく。

「そんなにワガママ言ってたかな？」

自覚してなかったらしいリエルは首をひねる。

「わたし、あなたに言い聞かせる担当だったよ？」

アイリは苦笑した。

本人に悪気はなく、天真爛漫で愛される得なタイプである。

それでもアイリに頼んでくる人たちはいたものだ。

「そうなんだ！」

リエルは気づいてなかったらしくびっくりしている。

「なるほど」

ジュディスは興味深そうに二人をながめていた。

「ご、ごめんなさい。内輪の話をしてしまって」

気づいたアイリがあわてて謝る。

「いいえ、あなたのことを知れてうれしいわ」

気にしないでねとジュディスは優しく言う。

「はい」

なんて大らかな人なのだろうとアイリは思った。

（こんなに包容力がある人なら……）

とアイリは期待を持つ。

もちろん、最初は失敗しながら成長していく前提だが。

「学園はいつから再開なのですか？」

アイリはレティに問う。

「来週の予定よ。それまでヒマと言えばそうだけど」

「なるほど」

答えを聞いてリエルのは単なるワガママじゃないのか、と彼女は納得する。

「学園か。なつかしいわね」

ジュディスはコーヒーを飲みながら目を細めた。

「卒業生なんですよね」

とアイリが水を向ける。

せっかくだから学園について話してもらえないか、と期待した。

妹の話だとかたよりが出るので。

「四年ほど前にね。今はだいぶ変わったかしら」

とジュディスは笑う。

「たぶんあまり変わってないですよ」

とレティが答えて、アイリを見る。

「ジュディス様は元生徒会長で、年度最優秀生徒を三年連続でとったのよ」

「そうなんですね」

アイリはとりあえず感心した。

すごいのは何となくわかっても、どうすごいのかはわからない。

でも、レティが誇らしそうに言うのだから、きっとすごいのだと納得する。

「わたし、最優秀はとれないかなあ」

とリエルが全然残念じゃなさそうな顔でつぶやく。

「え、あなたが？」

アイリは今度こそ目を丸くした。

実力だけなら、並みの魔女よりすでに上だとサーラが保証している。

「この子、魔法は文句なしだけど、素行と座学がね」

とレティが横から口をはさむ。

「てへっ」

絶対反省してないことがわかるリエルの笑顔だった。

「座学は仕方ないけど、素行もなのね」

とアイリは呆れる。

彼女たち姉妹はただの村娘に過ぎない。

いい家に生まれていい教育を受けてきた優秀な人たち相手に、座学でついていくのは大変だと想像はできる。

「別に悪いという意味じゃないわよ」

誤解を招いたと気づいたレティがあわてて訂正した。

「貴族のマナー、面倒だよぉ」

リエルはふくれっ面になる。

「あっ……」

アイリは一気に理解し、共感できてしまった。

お城で過ごしたとき大変な想いをしたのだから。

「わたしたちって根っからの平民だもんね」

「うん」

姉妹はそろって疲れを顔に浮かべ、仲良く視線を合わせてうなずきあう。

「わたしやレティは物心がつく頃から学んでるから、差が出るのもやむを得ないわね」

とジュディスが姉妹に同情を見せる。

「窮屈な思いをしたのは否定できませんね。もう慣れましたが」

レティもほろ苦さとともに過去をふり返る。

「うへえ」

と声に出したのはリエルだが、アイリも同じ心境だった。

「練習して覚えるしかないわね」

近道はないとレティが告げると、姉妹は肩を落とす。

「あの、よかったら、アイリさんには私が教えましょうか?」

見かねた様子でジュディスが申し出る。

「えっ」

予想外の展開にアイリは硬直した。

「あき時間でよければですけど」

「えっと、わたしって、これからも貴族社会のマナー、必要になるのでしょうか?」

答える前に、アイリはレティにたずねる。

いらないならジュディスに余計な時間をとらせずにすむ。

若干の期待がこもった質問だった。

「確実に必要よ」

しかし、レティは王女として断言した。

アイリ本人はまだ自覚がないが、もはや王家も無視できぬ存在だ。

彼女の周囲(特にクロとセグ)の怒りに触れないように注意しつつ、誘いは増えるだろう。

「お姉ちゃんといっしょにいられるようにわたしもがんばろっと」

リエルは明るく前向きな発言をする。

「リエルはわたしとデボラが教えましょうか？」

「えっ、やったー！」

レティの申し出にリエルは無邪気にはしゃぐ。

「この子のことだから、今まで適当だったんでしょう？」

アイリの問いにレティは苦笑しながらうなずいた。

「でもこれからは頑張るもん！」

リエルは悪びれず力強く言い放つ。

「アイリさん関係なら安心ね」

とレティは笑う。

「えええ……」

それはどうなの？　とアイリは思わざるを得ない。

もっとも、妹の人となりを考えれば納得するしかないのだが。

「本当に仲良しなのね」

ジュディスの言葉にアイリは恐縮する。

「うるさくしてごめんなさい」

「いいえ、見ていて楽しくなるわ」

とジュディスは優しく言って彼女を安心させた。


食事が終わって、ホッとした空気が流れたところでジュディスは言う。

「私は戻るけど、アイリさんはどうする？」

「い、行きます」

アイリは迷わず立ち上がる。

緊張しているし不安もあるけど、少しでも早く慣れたいのだ。

「いい子ね」

ジュディスは優しく微笑（ほほえ）んで、レティとリエルを見る。

「悪いけど、私たちはここで抜けるわね」

「いいえ、お忙しいところありがとうございます」

レティは淑（しと）やかな笑顔で言う。

「お姉ちゃん、おうちの寝台や家具周りはわたしがやっておくね？」

「あっ」

リエルに言われて、アイリは失念していたことを思い出す。

不在時に行われるなら、妹に任せるしかない。

「ええ、お願い」

「任せて！」

リエルは元気いっぱいの笑顔で手を振る。

ジュディスと二人歩くアイリは話題に困る。

仕事の話をしたいが、何から聞けばいいのかわからない。

「アイリさんは悪魔憑きに対処した経験はあるの？」

とジュディスが聞く。

「ええ。故郷の村にいた頃から何度か」

アイリにとって一番自信があるやつだ。

そのことを遠慮がちに伝える。

「そう。悪魔憑きの相手は大変だから助かるわ」

とジュディスはちょっとうれしそうに言う。

（王都なら悪魔も強いのかな？　それとも数が多い？）

とアイリは疑問を持つ。

レティの話からしてジュディスは相当な実力者だ。

そんな彼女が大変に思うほど王都は過酷なのだろうか。

（単に一人だとしんどいって意味だといいな）

とアイリはつい後ろ向きなことを考えてしまう。

一階の診療エリアに戻って来ると、今度はアイリも室内を見回す余裕があった。

ジュディスの性格を表してか、きちんと整理整頓されている。

「まず、どこに何があるのか覚えてもらおうかしら」

というジュディスの言葉にうなずく。

必要なものを手渡すことができないなら、手伝いも務まらない。

「どういった症状の人が多いのですか？」

とアイリは棚に並ぶ薬品を見ながら聞く。

「ケガ人が三割、病気が三割、悪魔憑きが二割、病気とは言えない不調の人が二割といった感じね」

ジュディスは即答する。

診察記録を見なかったことにアイリは驚く。

（全部覚えているんだ）

頭の出来からして違うのか、と気後れしてしまう。

それに気づいたジュディスは優しく声をかける。

「いきなり同じことは求めないわ」

「は、はい」

残念ながらアイリのなぐさめにはならない。

ただ、物覚えは苦手じゃないのが救いだ。

「薬草を取り扱ったことはあるかしら？」

「はい。村で何度も」

ジュディスからの問いにアイリは首を縦に振る。

「あら、そうなの？　村で学ぶのかしら」

誤解が生じたのでアイリは訂正した。

「いえ、わたしだけです。妖精が教えてくれたので」

「まあ、そうなの？」

ジュディスの声と表情に驚きが大きくなる。

「はい」

（やはり珍しいのね）

とアイリは思いながら返事した。

雑談で出したとき、レティとデボラも似たような反応だった。

「妖精に魔法を使ってはもらえなかったの？」

というジュディスの問いには好奇心が宿る。

「それは難しいみたいでした」

実はアイリにもよくわかってない。

彼女のために使うのはかまわないのに、村人はダメというルールがあったのだ。

「ああ、なるほどね」

聞いたジュディスは納得して、

「妖精の力の影響は大きいから、人間に干渉するときに制約があるのは、仕方ないと思うわよ」

と語る。

「そういうものなのですね」

アイリは納得した。

「本当はもっとゆるいと思うけど」

ジュディスは言葉を区切って、

「アイリさんの場合は制約が出ちゃうでしょうね」

と言う。

「ティターニアがキリがない、みたいなことを言ってた気がします」

とアイリは答える。

「そうなるわね」

ジュディスはにこにこと首を縦に振って、ハッとする。

「たくさん話しちゃってごめんなさい。覚えられる？」

バツの悪そうな顔で聞く。

「ええ。何とか」

とアイリは答える。

「そう。記憶力が良いのね」

「何か違うような……」

アイリは首をかしげた。

覚えておかないと村ではトラブルが続出する。

特に薬草とそっくりな毒草は珍しくない。

そんな環境で育てばいやでも記憶力と観察力は身に着く。

「どっちかと言うと、妹が例外だと思います」

とアイリは羨望を込めて言う。

リエルはそれらを必要としない強さがあったので、彼女ほど注意力はない。

「お互いの弱点を補う形になってるのでは？」

「……あっ」

ジュディスの指摘にアイリは間抜けな声を出す。

たしかにその通りだった。

「すごい発想ですね。全然考えたことなかったです」

とアイリが言うと、

「大したことじゃないわ。第三者だからじゃないかしら」

ジュディスは謙遜する。

「はあ……」

アイリは答え方がわからずうなずくにとどまった。

物の配置は覚えられたと判断し、彼女はジュディスに質問する。

「次に何をしましょうか？」

「そうね。薬の調合、診察器具の準備、手入れ、後片付けをお願いできればと思っているのよ」

　とジュディスは答えた。

「王都で薬草の調合は資格保持者か、その指導がないと調合できないのよ。アイリさんは資格を持ってる？」

「いいえ」

　ジュディスの説明に驚きながらアイリは首を横に振る。

　薬草を使うのに資格がいるというのは驚きだ。

　税と違って村まで広がっていないことは知る術がない。

「そうよね」

　ジュディスもそのことを把握していたらしく驚きもせず、

「私と仕事していれば資格はとれるから平気よ」

と言う。

「はい」

　返事しながら資格はとっておきたいな、とアイリは考える。

　王都で働ける資格は彼女の憧れだ。

「よく使ってる薬草を見てくれた？　知らないものがあったら言ってね」

とジュディスに言われる。

「知らない薬草はこれとこれですね」

アイリは『ボノス』と『カベサ』と書かれた瓶を指さす。

「群生地が北部にかぎられてる二種ね」

とジュディスは言う。

「『ボノス』は鎮痛剤を作るとき使うの。『カベサ』は悪魔憑きを処置するときね」

「そうなんですね」

アイリは頭の中でメモを取る。

痛み止めになる薬草は他にもあるはずだが、ジュディスが採用するなら、これらのほうが効果は高いのだろうか。

「あの、王都だからできる薬はありますか？」

気になったので遠慮がちに質問する。

一瞬ジュディスは考え込んで、

「王都だから揃(そろ)う物資や設備が必要になる、というのはあるわね」

と答える。

「王都には技術が高い人が集まりやすいのは事実だけど、全員がそうとはかぎらないと思

「うわ」

この言葉はアイリもうなずけるものだ。

なぜならサーラがあまり大きな都市に滞在したがらない性格だから。

さもなければアイリたちと知り合うのは困難だっただろう。

「何か気になることでも？」

とジュディスは聞く。

「いえ、王都の環境を知りたかったのです」

アイリは答えてから説明が足りないと感じた。

「知らないことが多いと、やれるか不安だったので」

「できることからやってもらえたらいいのだけど」

とジュディスは言ってアイリをじっと見る。

「そんな簡単に割り切れないわよね」

「ご、ごめんなさい」

アイリは思わず謝った。

短期間で自分の性格を把握されたと感じながら。

「いいのよ」

ジュディスはアイリを安心させようと笑う。

「あなたの性格は診療に向いてると思うし」

「え、そうなのですか？」

アイリはびっくりして、優しい顔を見つめる。

「ええ」

ジュディスは力強く言った。

# 第四話 初めての仕事

Chapter 04

ジュディス診療所は受付と事務の女性がひとりいる。

「こちらはクロエよ」

「は、初めまして。アイリです」

「よろしく」

クロエは茶髪をベリーショートにしたクールな女性だ。

アイリのおっかなびっくりのあいさつに対して素っ気ない。

「心配した父が臣下の親族をつけてくれたの」

とジュディスが話すと、クロエの表情に一瞬動揺が走る。

素性を明かされると思ってなかったらしい。

「アイリさんは私のことを知ってるわ。王家からの紹介だし」

ジュディスは理由をクロエに明かす。

「王家から⁉」

クロエは初耳だと目を見開く。

「ええ。立ち位置的には私よりも上かしら」

とジュディスが言うと、クロエの半信半疑の視線がアイリに刺さる。

「そ、そんなことないと思います」

アイリは緊張とプレッシャーで泣きそうになりながら否定する。

今回は謙遜だけじゃない。

身分はもちろんのこと、王都で診療所を営み、周囲から慕われているジュディスはとても立派だと本気で思うからである。

「差し出がましいですけど、不毛では？」

とクロエが意見を言うと、

「それはそうね」

ジュディスはあっさり認める。

アイリはホッとした。

年長者に持ち上げられるなんて彼女の心に優しくない。

「アイリさんには事務作業も覚えてほしいから、教えてあげてね」

「かしこまりました。ではこちらへ」

とクロエはアイリを促し、備品室とは違う部屋に移動する。

(そう言えば帳簿や書類は見てなかったわね)

今さらながらアイリは気づく。

「これが薬の管理書類。こっちが依頼。これが患者さんの受付表」

最初からクロエに依頼するつもりだったのだろうと納得する。

クロエはてきぱきとして速い。

アイリはついていくのに必死だ。

(というか無理では⁉)

頭の中が真っ白になりかけたところで、

「大丈夫。いきなりできなくてもいい」

とクロエに言われる。

抑揚がなく感情もこもってないが気遣いは感じられた。

「あ、ありがとうございます」

アイリは感謝しながらも言葉通りには受け取れない。

役立たずになりたくないからだ。

「あなた、王家からの紹介なの？」

「はい」

クロエから不意に問われる。

疑われてるのかなと思いながら答えた。

「なら、書類仕事の優先度は低いはず。わたしかジュディス様の実家から、人を回してもらえば済むのだから」

と話すクロエの目は若干優しい。

少なくともアイリにはそう感じられた。

(励ましてくれてるのかな？)

だとしたら優しい人なのかもしれない。

「そうだといいのですが……」

とは言えできなくてもいいと気持ちを切り替えられるほど、アイリは思い切りはよくなかった。

「聞いてもいい？」

再び不意の質問がクロエから飛んでくる。

「ど、どうぞ」

次は何だろうと思いながら、アイリに断る勇気はない。

「あなたの得意なことは？」

王家が間に入った理由を聞かれているのだと彼女は悟る。

「えっと、悪魔憑き対策に期待されていると思います」

隠すことじゃないと正直に話す。

「あれを？」

クロエは眉を動かした。

「あれを何とかできるならすごいね」

という言葉には真情がこもっている。

「そ、そんなに手強いのですか」

アイリは不安が大きくなってきた。

そんな彼女をクロエはちらっと見て、

「王家の紹介という割には自信がなさそうね」

と言う。

遠慮のない物言いは不愉快じゃない。

そもそもただの事実だ。

「ご、ごめんなさい」

アイリはしゅんとする。

「わたしに謝ることじゃないよ」

とクロエは手を振ったあと、真剣な顔になった。

「でも、患者の前だとダメ。患者はジュディス様を頼って来てるんだから、周りのわたしたちも堂々としてないと不安にさせる」

もっともな忠告だ。

アイリだって他人に頼りたいタイプだから理解できる。

「そ、そうですね。気をつけます」

納得したアイリはこくこくとうなずき、すぐにハッとなった。

「ど、どうやれば堂々としてるように見えるでしょうか？」

今までの自分の生き方と対極だと気づいたのである。

「感情を顔に出さないこと。は無理そうね」

「は、はい。ごめんなさい」

クロエはアイリの顔をジーッと見て、すぐに修正した。

「謝ることではないけど」

クロエは淡々と応じて考える。

「では、ジュディス様を信じてみては？」

「えっ？」

何を言われたのか、アイリは飲み込めずきょとんとした。

「ジュディス様の実力は知ってる？」

「い、いえ。すごい方だとは聞いてますが」

アイリは正直に話す。

「なら、そのジュディス様を信じてみたら？」

クロエは重ねて言う。

「な、なるほど」

アイリもようやく彼女が言いたいことがわかってくる。

自分を信じられないなら他人を信じてみろ、だ。

「それならできそうです」

アイリは希望を見出（みいだ）す。

そっちには何の抵抗もないのだった。

「そう」

クロエはいびつだな、と感じたが口に出さない。

面と向かっての指摘が悪い方向に働くケースがある。

アイリの性格を考えればリスクは高いと判断した。

あとでジュディスにこっそり伝えればよい。

「難しいと思ったらまずわたしに聞いてほしい」

とクロエはさらに要求を出す。

「ジュディスさんの手を止めない、ということですか？」

アイリの問いに彼女はうなずいた。

「正解。よくわかったね」

クロエは素直に感心したように見える。

「いえ、似たような状況を経験してきたので」

アイリは自虐しながら答えた。

周りの邪魔をしないように、というのは彼女にとって日常である。

イメージがしやすくやりやすい、とまで言えた。

「そう。なら何とかなるんじゃない？」

「た、たしかに」

アイリは気づかなかったと手を叩く。

クロエに誘導された形だが、それには気づいてない。

「納得したところで手伝ってくれる？」

「はい」

クロエに教わりながらアイリは仕事をこなす。

やがて午後の診察時間がやってきた。

最初にやってきたのは背が曲がった老婦人だ。

「昨日から腰が痛くて……」

ジュディスが優しく腰をさすりながら、

「他に何か変わったことはありますか？」

「いえ、特には」

ジュディスはいくつか質問したあと、

「塗り薬を用意してくれる？」

と指示を出す。

「わかりました」

クロエが瓶を取ってアイリにちらっと見せる。

(この人にはこれってサインね)

アイリは理解して小さくうなずく。

老婦人はベッドの上に寝そべり、ジュディスが優しく薬を塗る。

処置が終わると老婦人は立ち上がり、

「どうもありがとう。楽になりましたよ」

と笑顔を見せる。

「薬が効くのはもう少し先ですよ」

ジュディスは苦笑いに近い笑顔で答えた。

クロエが手続きをすませて、老婦人は診療所をあとにする。

「疑偽効果(プラシーボ)というやつですか？　初めて見ました」

とアイリはつぶやく。

「ジュディス様はそれだけ信頼が厚いの」

クロエが淡々と、それでいてどこか誇らしげに答える。

疑偽効果は薬の効果が出てないのに、効果を実感すること。

クロエが言うように相当な信頼関係がないとまず起こり得ない。

そしてそんな信頼を勝ち取るのは容易じゃない。

「すごい」

アイリはようやくジュディスのすごさを実感する。

「ジュディス先生」

すぐに次の女性患者が来たので、あわてて気持ちを切り替える。

二人目には鎮痛剤、三人目には咳止め、四人目には解熱薬を出したところで、

「全員女性ですね」

とアイリはつぶやく。

「女性には女性のほうがありがたいから」

クロエは素っ気なく答える。

ジュディスは休まず五人目の診察にとりかかっていた。

「これなら薬はいらないかも。三日ほど様子を見て、改善しなかったらまた来てください」

彼女の言葉で患者の中年女性は安心して帰っていく。

「ジュディス様、水です」

とクロエがコップを差し出した。

いつの間に、とアイリが驚愕している間にジュディスは喉を潤す。

「ありがとう」

ほっとひと息をついて彼女は次の患者を呼ぶ。

結局、アイリは大して役に立たず初日は終了した。

今のところアイリはクロエの手伝いをするだけ。

（ヒマなのはいいんだけど）

悪魔憑きなんてろくなものじゃないので、遭遇しないほうがいい。

（明日はもうちょっと役に立てるように頑張ろう）

とアイリが決意すると、後片付けをしているジュディスが話しかける。

「そう言えばアイリさん、お給料の話がまだだったと思うけど」

「あっ……」

すっかり忘れていたとアイリは間抜けな声を出す。

クロエは呆れ、ジュディスは苦笑して、

「普段は一般の賃金に設定して、悪魔憑きが来た場合は別途成功報酬を渡すということでどうかしら？」

と提案する。

「は、はい。それがいいです」

アイリは即答した。

役に立ってないのに高給をもらうのはおかしい。

成功に応じて報酬がもらえるというのは、彼女の性格にも合っている。

「よかった。じゃあ次に支払い方法を決めないとね」

とジュディスは言う。

「えっと、どっちがやりやすいですか？」

アイリとしてはどうでもいいので、雇い主に相談する。

「日払いのほうがいいかしら。成功報酬があるし」

ジュディスが迷わず答えたのでアイリの気持ちは決まった。

「では日払いでお願いします」

「ええ。クロエ、お願い」

とジュディスが言うと、クロエがすっと革袋を差し出す。

「あ、ありがとうございます」

「今日のところは帰ったら？」

とクロエに言われてアイリは一瞬固まる。

「えっと、せめて片付けくらいは役に立ちたいです」

そしておずおずと申し出た。

「疲れてない？」

ジュディスの気遣いはうれしいが、同時に申し訳なくも思う。

「し、仕事だから、疲れるのは仕方ないので」

とアイリは主張する。

「ジュディス様、本人の希望を尊重しては？」

クロエが彼女の肩を持つ。

「わかったわ。無理しないでね」

ジュディスが認めてくれたのでアイリはひと安心だ。

片付けが終わったとき、すっかり周囲は真っ暗になっていた。

「私たちは護身できるけど、アイリさんは？　送っていきましょうか？」

とジュディスに心配され、アイリは困惑した。

たしかに自衛手段はないけど、二人に面倒をかけたくない。

「遠慮しなくていいわよ？」

とジュディスに笑顔で先回りされたので、アイリはうなずく。

万が一のことがあったほうがもっと迷惑になる。

「家はどこ？」

外に出ながらクロエに聞かれた。

「えっと」

地理を覚えきれてないのですぐには答えられない。

アイリが足を止めたところで、

「やあ、アイリ。迎えに来たよ」

さわやかな顔でオベロンが現れる。

隣にはティターニアもいた。

「人間じゃないね」

一目でクロエが見抜いたので、アイリはびっくりする。

ジュディスのそばにいるだけあって彼女もただものじゃなかったようだ。

「あん？　誰だこの女？」

オベロンは疑問と不快さが混ざった表情になる。

「わたしの職場の先輩たち」

ジュディスをどう言い表せばいいのか、とっさに浮かばなかったアイリは苦しまぎれに返事した。

「失礼な態度とるなら消えて」

アイリは強く出るが、これにジュディスとクロエがびっくりする。

「この気配、おそらく高位の妖精だと思うのだけど」

ジュディスが形のよい眉を動かす。

「はい、正解です」

とティターニアがにこりと微笑む。

「我も迎えに来てやったぞ」

クロが屋根から降って来ると、ジュディスは反射的に身構える。

クロはそれをちらっと見たあと冷然と無視して、

「貴様は非力だからな。ついてこい」

とアイリに話しかけた。

「うん」

アイリはうなずいてジュディスたちに向き直る。

「迎えが来たので、ここで大丈夫です。ありがとうございました」

頭を下げて帰路につく。

彼女に倣ってジュディスたちに礼をしたのはティターニアだけだった。

「……あれは何？」

クロを見たジュディスのつぶやきに応えはない。

「どうだったんだ、仕事は？」

とオベロンに道すがら訊かれる。

「役に立てなかった。ジュディスさんはさすがだった」

とアイリは率直に答えた。

あんな風になれたらいいな、と思うものの、無理だろうという諦観がある。

リエルならやる気さえ出せばできそうだが。

「アイリは器用じゃないから、いきなりは無理だろ。気にするな」

とオベロンは優しく励ます。

「うん」

アイリは気のない返事をする。

「気にするのがアイリの美点です。兄上はわかってませんね」

ティターニアは兄をディスってから、

「今は経験を積む時期でしょう。焦ってはいけませんよ」

と諭す。

「そうなんだよね。焦っちゃうのがダメだよね」

アイリはうなずきながらも落ち込んでしまう。

「あら……」

「お前もダメじゃないか」

「兄上よりはマシですよ」

兄妹が小声で言い争いをはじめる。

アイリは聞き流しながらクロを見た。

「あなたはどう思う？」

「くだらん悩みだ」

即答され、彼女は剛剣で一刀両断された気分になる。

「貴様がいて我が目覚めた。これは大いなる兆しなのだぞ？」

とクロはアイリを見つめた。

何を言っているのかいまいちよくわからない。

ただ、レティたちは何かの前触れではと懸念していたはずだ。

「わたしはどうすればいいの？」

アイリは臆せずたずねる。

本人にも奇妙なのだが、クロは緊張しない相手だ。

「何もしなくても向こうから来る。それが貴様の宿命だ」

「えええ……？」

クロは思わせぶりながらも断言したので、アイリは困惑しかない。

「それってまずいのでは？」

とつぶやく。

彼女は自分が超常的な存在を引き寄せるらしい、とは何となく理解している。

これからそれがはじまるというのか。

「手持ち無沙汰よりはマシだろう？」

クロは不思議そうにアイリを見た。

なぜ、彼女があわてるのか理解できないらしい。

「不幸な人が出るのはやだな。それなら役立たずのままでいい」

と言ってアイリはうつむく。

誰かの助けになりたいのであって、困ってる人にいてほしいわけじゃない。

「何とも複雑な奴だな」

クロは理解できないと呆れる。

「ならば地道に精進しろ。貴様のがんばり次第で、不幸はかなり減るだろう」

それでもアイリのために発言して、姿を消す。

会話を切り上げただけで、離れたところから彼女を見守っているのだが。

「クロの言ったこと、どう思う？」

とアイリは足を動かしながらティターニアに問う。

「あり得そうです。よからぬ気配をこの都市で感じます」

美しい妖精は即答する。

「俺らがいるのはそのためってのはある。セグを村から連れてきたのは正解だったと思う」

とオベロンも真顔で言った。

「えええ……」

アイリは動揺する。

そこまでの事態だとは夢にも思ってなかった。

ドアを開けたとたん、

「ワン」

セグが周囲に配慮した声量で吠える。

「ただいま。頭いいのね」

アイリは微笑み、頭を優しくなでた。

「ワン」

セグはもう一回、今度はうれしそうに吠える。

「そりゃ頭いいに決まってる」

オベロンはぶつぶつ言う。

アイリは無視してセグに話しかける。

「何か変わったことはなかった？」

無茶ぶりかと思ったが杞憂だった。

セグは首をゆっくりと横に振ったのだ。

「『はい』『いいえ』なら普通に答えられそうね」

とアイリも感心する。

「神獣なんだから頭いいに決まってる」

オベロンは小声で再度言った。

「そうなの？」

アイリが確認したのはティターニアである。

「ええ。言語を話せるかは個体差がありますけど」

「そうなんだ」

アイリは納得して、ふと思いつく。

「悪い気配についてわかる？」

と次の問いを放つ。

「ワン？」

セグはきょとんとした顔をする。

「この子に探してもらうのはムシが良すぎたかしら」

「そいつ妖精以外の探知力は低いぞ」

とオベロンが笑う。

「だけど、そいつをこき使うのはいい考えだな」

彼の表情が悪いものに変わる。

「こいつが王都を駆け回ればたいがいのトラブルは防げる。番犬がわりとしてはいいかもな」

妖精の天敵と言われる存在相手だからか、いつも以上に辛らつだ。

「それじゃアイリの守りが薄くなるでしょ」

兄の考えをティターニアが一蹴する。

「は？　それは俺たちとあのバケモンでいけるだろ」

とオベロンは即答した。

アイリが期待を込めてクロがいそうな場所に視線を走らせる。

「守るのはいいが。つまり貴様らは役立たずということか？」

姿は見えず、声だけがアイリの家の中に響く。

高等魔法の一種だが、クロには造作もないことだ。

「くっ……いらねえよ、あんたなんて」

オベロンは強がる。

アイリは目の前にクロがいないからこそだと気づいているので、感心しなかった。

「自分の守りなんて考えたことなかったな」

とこぼす。

もちろん彼女に自衛手段なんてあるはずがない。

「ワン！」

セグが任せろと吠える。

「頼りにさせてもらおうかな」

アイリは微笑んで頭をなでた。

「あのう、俺は？」

オベロンは主張したが彼女は聞き流す。

「私とセグがいれば兄上はいらないですからね」

とティターニアもうなずく。

「そろそろ明日に備えないと。仕事だし」

アイリはハッとなった。

明日は朝から出てこいとクロエにそっと耳打ちされている。

ジュディスだって顔を出せば反対はしないだろう。

家の中には灯りがないが、ティターニアが光を作り出してくれたので、日中同然に明るくなった。

着替えをすませたところで、アイリはティターニアに話しかける。

「薬草について聞きたいのだけど」

「何でしょう？」

アイリは一瞬ためらってから、

「採ってきてもらうのは無理でも、いっしょに行くのはアリ？」

と問う。

「私といっしょに薬草採取、という意味ならいいですよ」

ティターニアはにこりと即答する。

「どこに行くんだ？　護衛や執事は必要だろう？」

とオベロンが話に加わった。

「まだ決めてないよ」

アイリは素っ気なく答えて、さすがに説明不足だと感じた。

「ジュディスさんが使ってる薬の材料、わたしが採取すればお手伝いになるかなと思って。まだ思いつきの段階だけどね」

と理由を話す。

「なるほど。素晴らしいアイデアだな！　どんな薬草がほしいのか言ってくれたら、俺が集めてくるよ」

オベロンは白い歯をキラッと輝かせる。

「それはダメなんでしょう？　自分で行く」

アイリは彼の申し出を却下した。

「ち、妖精のルールめ」

オベロンは悔しそうにうなる。

やはりルール違反する気だったらしい。

「そもそもジュディスさんに聞かないとって言ったのに」

アイリはジトッとした目でオベロンを見る。

「人の話を聞いてないですよね。よくありますけど」

とティターニアも糾弾した。

たじたじになったオベロンは姿をくらます。

「あ、逃げましたね」

ティターニアは兄に容赦がない。

どうして仲の良い夫婦の逸話が生まれたのか、不思議に思うほどだ。

「別にいいよ」

とアイリは気にしない。

誰かを追い詰めるのは性に合わなかった。

「一応家の中を確認しておかないと」

と意識を切り替える。

リエルが悪ふざけをしたとは思わないが、使い勝手や居心地は姉妹で違う。

もし自分好みでなかったら、自分の手で配置しなおそう。

とアイリは思っていたのだが。

「……なおしたいところがない」

リエルがやったと思われる家具の配置などは、すべて彼女好みだった。

「人間の姉妹愛ってすごいのね」

ティターニアは素直に感心するが、アイリは釈然としない。

「同じ部屋で過ごしていたのはけっこう前なんだけど？」

貧しい家だったが、姉妹に個別の部屋は与えられていた。

面積が広い村だったのと、建材もあれば大工もいたおかげだが。

「なら、やはり愛では？」

ティターニアの言葉にアイリはしぶしぶうなずく。

そのほうが収まりもいい。

「ティターニアは寝るの？」

アイリの突然の質問に妖精はきょとんとする。

「寝なくても平気ですし、お望みなら添い寝もしますよ？」

そして笑みをこぼす。

「あ、あう」

アイリは一気に恥ずかしくなる。

ひとりで寝るのが寂しいんじゃなくて、寝顔を見られるのに抵抗があったのだが。

「ふふふ」

彼女の様子を見てティターニアは楽しそうに笑う。

「ちょっと意地悪でしたか？」

「え？　あ、もう！」

アイリは少しの間を置いて、からかわれたのだと気づく。

「ワン？」

セグが彼女にくっつくように寄って来る。

「手を貸そうか？」と言いたそうに思えた。

「ううん、いいよ」

さすがにセグをけしかけるのは、反撃としてもやりすぎだろう。

気持ちだけでうれしいとアイリは彼（？）を制止する。

表情がこわばったティターニアも、そっと胸をなでおろす。

「それより寝てる間、わたしを守ってくれる？」

とアイリはセグに頼む。

「ワン」

セグはうれしいのか尻尾を振る。

「最強の見張りですね」

とティターニアは苦笑した。

# 第五話 悪魔憑き

Chapter 05

アイリが顔を出したとき、ジュディスとクロエはすでに来ていたので、さっそく質問をぶつけてみた。

「薬草を？」

「ありがたい話だけど」

ジュディスは言いよどむ。

「これまでのつき合いがあるし、信頼関係もある」

クロエが代弁する。

「あなたが来たからサヨナラはできないよ」

「ご、ごめんなさい。でしゃばりました」

もっともだと思ったのでアイリは謝って反省した。

仕事とは関係の積み重ねなのだと学ぶ。

「まあまあ」

ジュディスは優しく介入する。

「今まで手に入らなかった薬草が手に入るなら歓迎よ」

と言うと、クロエがうなずく。

「それなら不満も出ないですね」

「な、なるほどです」

アイリは心の中でメモを取った。

「じゃあ準備をお願いね」

とジュディスに言われたので、クロエと二人並んで移動する。

「張り切るのはいいけど、空回りしないよう気をつけて」

「は、はい」

クロエの忠告はもっともだとアイリは返事した。

「でも、やる気があるのはいいこと。えらい」

とクロエはニコリと微笑む。

「あ、ありがとうございます」

アイリは褒められたというより、フォローされたと受け止める。

それでも仕事で優しくされる経験は初めてなのでうれしい。

「保存の利く素材ばかりじゃない。着眼点は間違ってない」

とクロエはさらに褒めてくれる。

「で、ですよね」

アイリは見当はずれじゃなかったと安心する。

「あ、そうだ」

アイリは昨夜の帰宅後のやりとりをクロエに話す。

「ふうん。あなたのお迎えに来た連中がね」

クロエは笑わず真剣な顔で聞く。

相手が全員人智を超える存在たちだと知っているからだろう。

「クロエさんは気づいたことありますか？」

「最近、変な感じはあったかな」

クロエは即答する。

「悪魔憑きの患者も増えてきてるし」

「そうなんですね」

やはりか、とアイリは思う。

「何か手がかりとかご存じですか？」

この人なら、とアイリは質問する。

「何もないよ」

彼女は苦笑しながら答えた。

「わたしはあいにくと一般人だから」

「えっ？」

彼女の自嘲にアイリは目を丸くした。

絶対そんなことはないと立ち振る舞いが物語っているが、指摘していいものか。

（や、やめておこう）

とアイリは迷った末結論を出す。

ジュディスの親が心配して寄越した人だ。

表向きは人手不足対策だとしても、本当は護衛か何かという線はある。

（鷲獅子の尾を踏んづけると恐ろしいというものね）

鷲獅子は軍神や武神が乗る神獣の一種だ。

「どうかした？」

と問うクロエの目はいつも通りである。

「いえ、ジュディスさんと働く人が一般人？　と思ってしまって」

アイリはとっさに言い訳をする。

「それはそうか」

クロエは納得したが、

「それを言うとあなたも一般人じゃないね」

と指摘した。

「あう」

その通りかもとアイリが情けない声を出すと、クロエは声に出して笑う。

「わたしは一般人だと思ってるんですけど」

「通らないでしょ」

ようやく出したアイリのなけなしの反論は、クロエに一蹴される。

「さて、仕事仕事」

クロエの言葉でアイリもハッとなった。

朝の診察開始時間である。

「おはようございます。本日はどうしました？」

最初に来たのは初老の女性。

「いつもの薬をお願いね」

「はい」

クロエが心得たとてきぱきと準備する。

「あら、新しい人？」

女性はアイリに気づいて話しかけた。

アイリはちょっとだけうれしい。

昨日はほとんど話しかけられなかったからだ。

「はい。見習いです」

謙遜したが、立場的に間違いじゃないと思う。

「素直でいい子なのでよろしくお願いしますね」

とジュディスが横から言った。

「あらあら」

女性は楽しそうに微笑む。

（孫娘を見るような目ね）

とアイリは感じたが、気のせいだろうか。

「飲み薬よ」

クロエに指定された調合済み薬の瓶をアイリがとる。

「ありがとうね」

ニコニコして言われて、アイリの気持ちがあったかくなった。

「いえ。お大事にしてください」

自然と相手を想う言葉が出てくる。

「ジュディス様に診てもらえるなら平気だよ」

と老婦人が言うと、ジュディスは苦笑した。

「私だって限界はあります。油断は禁物です」

そしてたしなめる。

「わかってます。ではまた」

老婦人は礼を言ってお金を払って去っていく。

「感じのいい人でしたね」

とアイリが小声で言うと、

「あの人は王都で評判がいい」

クロエが答える。

「親切な人で私も助けられたことあるわ」

とジュディスも言う。

そこでドアが開いて次の患者がやってくる。

母親に連れられた七、八歳くらいと思われる女の子だ。

少女の右手の甲、右頬に黒いあざが浮かび上がっている。

「ジュディス先生、昨日の夜からこの子がうなされて……」

母親は心配そうに状況を話す。

熱はなく、痛みもないが、倦怠感があるという。

「いつも元気いっぱいでご飯をたくさん食べる子なのに、今日はおとなしくてご飯をほとんど食べないんです」

「悪魔憑きですね」

ジュディスは即答し、アイリもうなずく。

「こら、離れなさい！」

アイリが少し強めに叱ると、少女の体から黒い靄がにじみ出て、小鬼の姿をとる。

ギザギザの耳と赤い瞳、長い尻尾が特徴的である。

翼がないのに浮かんでいるのは悪魔だからだ。

驚いて絶句している母親に向かってアイリは、

「グレムリンという悪魔です。困らせるのが好きな性格です」

と説明する。

「今帰るなら何もしないよ」

「追い払えたので、もう大丈夫だと思います」

アイリが言うとグレムリンはバツの悪そうな表情になって姿を消す。

アイリが微笑みながら言うと母親はぽかんとする。

「えっと、悪魔憑きだったんですよね？　もう終わったのですか？」

母親がジュディスを見たのは必然だろう。

「ええ。悪い気配は残ってないですね」

ジュディスが言うように黒いあざもきれいに消えている。

「体調はどう？」

とジュディスに優しく聞かれた女の子は、

「おなかすいた！　もうしんどくない！」

元気に叫ぶ。

「もう、この子ったら……」

母親は苦笑し、安堵から目尻に涙を浮かべている。

「ありがとうございました」

そしてジュディスとアイリに頭を下げて礼を言う。

「いえ、私は何もしていませんから」

ジュディスは苦笑して、

「このアイリさんの力です」

とアイリを立てる。

「悪魔憑きってこんな簡単に対処できるものなのですか」

母親は悪気なく疑問を口にした。

「まさか。本来なら一日がかりの大仕事ですよ」

ジュディスは真顔で否定する。

「グレムリンは言えばわかってくれますけど……？」

アイリは不思議そうに言う。

「あなたにとってはそうなのね。素晴らしいことだわ」

ジュディスは優しく応じる。

「本当にありがとうございました」

母親はもう一度礼を言って、アイリから見て高めの報酬を支払う。

「お姉ちゃん、ありがとう！」

女の子が笑顔でアイリに手を振ってくれる。

「元気でね」

アイリはドアが閉められるまで手を振り続けた。

「いきなりすごいことしたじゃん」

クロエがアイリの肩をポンと叩く。

「そ、そうですか？　お役に立てたならいいのですが」

アイリの返事にクロエは苦笑する。

「自信を持っていいやつだよ。ですよね？」

とジュディスに話を振った。

「ええ」

ジュディスは深々とうなずき、

「グレムリンは以前に追い払ったけど、すごく手を焼かされたわ」

思い出すのもいやだという表情で語る。

「そうなんですね」

アイリは目を見開く。

「いずれにせよすごい戦力だ」

とクロエはもう一度彼女の肩を軽く叩いた。

「ど、どうも？」

アイリは認めてもらえたことは理解したが、答え方がわからない。

「アイリさんがいるのは心強いわね」

とジュディスが言ったところで、三番目の患者が姿を見せる。

「昨日から体調がすぐれなくて……」

と中年の女性は話す。

アイリが見たところ、悪魔とは関係ない。

ジュディスが質問を何度も放ち、原因を探っていく。

（問診というやつね）

とても重要だということはアイリにもわかる。

「冷えによる神経の乱れが原因でしょう。体をあたためる食べ物と飲み物を意識してください」

とジュディスが伝えると、女性は困った顔になった。

「仕事が忙しくて気を遣う余裕がないのですが……」

今日もかなり無理して時間を作ったのだという。

「本当はあまりよくないのですが」

ジュディスが目配せをすると、クロエが赤い粒が入った瓶を用意する。

「体を内側からあったためる丸薬です。一日一粒飲んでみてください」

「ありがとうございます！」

女性はうれしそうに受け取って代金を払う。

帰ったタイミングでアイリは浮かない表情のジュディスに質問する。

「薬を出すのは気が乗らなかったのですか？」

「ええ。何でも薬に頼るのはよくないと私は思うのよ」

とジュディスは憂いをあらわにした。

「人間の体は優れた自己治癒力を持っているけど、薬に頼ることで低下してしまうリスクがある、とジュディス様は考えてる。わたしもそう思う」

とクロエが言う。

「そうなんですか」

アイリは目をみはる。

まったく考えたこともなかったからだ。

「頼らなくていいなら頼らないほうがいいわよ？」

ジュディスが重ねて言ったのでアイリはこくりとうなずく。

「とは言え、さっきの人みたいに使わざるを得ない場合もあるのだけど」

理解している口ぶりでいて、表情は残念そうなジュディスだった。

「覚えておきます」

安易に薬、薬草に頼ろうという考えだったアイリは反省する。

「さ、次の患者」

とクロエが切り替えるようにドアを開けると、二人の女性に支えられて男性が入ってきた。

「ぐうう」

表情は苦しそうに歪み、うめき声をあげている。

（やばい）

アイリは直感したが、声に出すのは遠慮した。

「どうなさいました？」

とたずねたジュディスの表情もけわしい。

「昨日の朝から夫の調子は悪かったんですが、今朝から急に悪化したんです」

と右から支える妻らしき人が深刻な顔で話す。

「父はいま何も食べられないし、熱は高いですし、自力で歩けないのです」

と左から支える娘も言う。

「ジュディスさん」

アイリが小さな声で話しかけると、ジュディスは振り向いてうなずく。

「この人の体から出ていきなさい!」

アイリが厳しい口調で言うと、男性の体が震える。

妻と娘が驚いて彼女を見るが気にしていられない。

「お前の名を当ててやる。お前はエンプーサ!」

とアイリはがんばってサーラに教わった厳かな口調で告げる。

同時に男性がのけぞり、

「な、なぜ、わかった」

と苦しみながら声をあげて、口から黒い靄を吐き出す。

靄はやがて魅惑的な肢体を持つ女の姿に変わる。

女の耳は獣のように尖って(とが)いて、足と尻尾がロバのものだ。

「このエンプーサは人間に憑依して食い殺す女悪魔です」

　とアイリは説明する。

「エンプーサなら、男性の精気を吸うのでは？」

　と質問したのはジュディスだった。

「男性が誘惑を断った場合、憑依して苦しめて楽しむことがあります。たぶん、男性は拒否したんでしょう」

　ぐったりしている男性を見ながらアイリがいう。

「人間のくせに、わたしより妻を選びやがって」

　エンプーサは恨めしそうに彼女の予想を肯定する。

「大人しく帰って」

　とアイリが言うと、エンプーサは舌打ちした。

「何でお前みたいなのがいるんだよ」

　エンプーサは悔しそうに言いながら姿を消す。

　おとなしく故郷へと帰ったのだ。

「……エンプーサと戦わなくてよかった」

　ジュディスが露骨にホッとする。

「今戦ったら死者が出たかも」

クロエがアイリにだけ聞こえる声量で言う。

エンプーサは人の精気を奪うだけじゃなくて、狡猾な戦い方を得意とする。

戦いになれば憑依していた男性やその家族を盾にしただろう。

「え、夫は助かったんですか？」

状況についていけない妻がきょとんとして問いかける。

「ええ、アイリさんが追い払ってくれました」

とジュディスが笑顔で説明した。

「そんな簡単にできるものなんですか？」

娘のほうは疑わしそうな目でアイリを見る。

疑われたアイリはびくっと震えた。

妖精や悪魔が理屈じゃない動きをするのは珍しくない。

しかし説明してもわかってもらえる自信が彼女にはなかった。

「体の内側から苦しかったのがウソみたいだ」

と顔に生気が戻った男性がつぶやく。

彼は自分の力だけで立ち、両手を握りしめる。

「あなた」

「お父さん？」

彼の妻と娘は、その変貌ぶりにあぜんとした。

「もうどこも悪くない気がする。体に力が入るし」

と男性は実感を話す。

「奪われた精気は急には回復しませんよ」

とジュディスがあわてて優しく忠告する。

「今日と明日はあまり体を動かさず、よく寝て少しずつ食べて英気を養ってください」

「ありがとうございます！」

「母とわたしの二人でよく監視します！」

妻と娘が勢いよく頭を下げ、男性もそれに続く。

「無理はよくないですよ？」

察したという表情でジュディスが男性を見る。

「ははは、大人しくしておきます」

男性はごまかし笑いで逃げた。

報酬を払って一家が去るとジュディスは深く息を吐き出す。

「大したもの。さすがと言うべき？」

　とクロエはアイリを見る。

「え、ええ？」

　アイリは反応に困った。

　褒められ慣れてないので、おろおろとしてしまう。

「王家からの扱いが軽いんじゃないかしら？」

　とジュディスは真剣な表情で考えはじめる。

「同感です。これなら国家戦力級と言えます」

　クロエも真顔で同意する。

「え？　え？　え？」

　アイリは二人の会話についていけない。

　国家戦力という壮大な言葉は何を意味するのだろうか。

「……本人は何も気づいてなさそうですよ」

　と彼女の様子をチラ見したクロエが指摘する。

「難しいわね」

　ジュディスはつぶやき、アイリに向く。

「アイリさんはこのままでいいの？」

直接的に問いかける。

「は、はい。薬に関する知識や技術を学びたいです」

アイリは素直に答えた。

「……私のところだけだと、高度な知識は学べないわね」

とジュディスは嘆息する。

「難しい薬は専門家に頼ってますからね」

クロエも思案顔だ。

二人の態度を見てアイリはあわてる。

「い、いきなり難しいことはできないというか、その、わたしはまだ見習いですし」

今でさえ精いっぱいなのに、もっと難しいことをやらせないで欲しい。

そんな本音を角が立たないように気をつけて何とか表明する。

「それはたしかに」

と納得したのはクロエだった。

「知識はありますが、調合技術は未知数です」

彼女はジュディスに伝える。

「そうだったわね」

ジュディスはハッとなった。

「先走りすぎたみたい。ごめんなさい」

「い、いえ」

ジュディスの詫びをアイリは受け入れる。

自分の希望が無視されないならそれでいい。

「ジュディス様が珍しく熱くなったけど無理ない」

とクロエは理解を示す。

「と、とりあえず次の診察をおこないましょう」

ジュディスは自分の頰を軽く叩き、冷たい水をぐいっと飲み干す。

「は、はい」

アイリは賛成した。

何となく気まずく思う意識を無理やり切り替える。

今度やってきたのは母親に手を引かれた十歳くらいの少女だ。

目がうつろで焦点があっていない。

「これは……」

ひと目見てジュディスの顔がこわばる。

「憑依されてますね」

とアイリは小声でつぶやく。

「いつからですか？」

クロエが問うと母親は今にも泣きそうな顔で、

「今朝起きたらです。呼びかけても反応しなくて。他の診察所に相談したら、こちらが適任だろうと言われました」

と沈痛な表情で答える。

「そうでしたか」

ジュディスは経緯を理解した。

診察所は王都にいくつもあるが、悪魔憑きに対処できる所ばかりじゃない。

一般人には判別できなかったのだろう。

「おそらく悪魔に憑依されて大変危険な状態です」

とジュディスは率直に告げる。

「そ、そんな!?」

母親はショックのあまり真っ青になって、ふらふらとその場で崩れ落ちた。

アイリがあわてて支えるが、足腰に力が入らないようだった。

「ど、どうすれば……どうすればこの子は助かりますか？」

母親としての愛情ゆえか、力を振り絞るように問いかける。

ジュディスは答えられない。

無意識のうちに彼女はアイリを見た。

自分の力量を超えていると判断したからだ。

自分では無理でも、という期待を込めて。

「たぶんいけると思います」

アイリは真剣な面持ちで言う。

「えっ？」

母親は彼女が言ったのが意外だときょとんとする。

アイリは気にせず少女の手をとって診察所の外に連れ出す。

「わたしの声が聞こえる？　この子から出て行って」

とアイリは中の存在に呼びかける。

すると少女の体がけいれんしはじめた。

「アガタ!?」

母親は動揺して娘の名前を呼ぶ。

「大丈夫です」

とアイリが言うと、ジュディスがそっと母親の肩を抱く。

「ここは彼女に任せてください」

「は、はい」

ジュディスの言葉に母親は仕方なくうなずく。

「さあ、出てきて！」

アイリが呼びかけると、少女の体が白く光る。

そして少女の体から放出されて、白髪に金色の瞳を持つ少女の姿になった。

「アガタ！」

倒れ込む娘を母親があわてて抱きとめる。

「まさかこんなところであんたみたいなのと出くわすとはね」

少女は驚き半分、興味半分という顔つきでアイリを見た。

「それはこっちの言葉」

アイリも驚きを隠せない。

この少女はエンプーサよりもさらに強大な魔力を発している。

ジュディスが諦めたのも無理ないと思えた。

「帰ってくれない？」

とアイリは交渉ではなくお願いをする。

「帰ってもいいんだけど……」

少女は考え込み、

「やっぱりやめた」

アイリの期待を裏切る答えを出す。

「あんた、まだ目覚めかけだろ？　ならこのラウムが従わなくてもいいよね」

ラウムはフフンとアイリを小馬鹿にする笑みを浮かべる。

「えっ……」

はっきり拒否された経験がないアイリは困惑した。

「あんたに手を出すとあとが怖そうだけど、この小娘なら」

とラウムがアガタに視線を向けたところで、

「そこまでだ」

クロがラウムの背後に出現して彼女の頭を摑む。

「……は？」

今度はラウムが固まる番だった。

きれいな顔から冷や汗が流れる。

「帰れと言っても聞かないなら、穏当ならざる対応をされても文句は言わないという意味だよな？」

とクロが威圧するとラウムは震え上がった。

「な、何だい、こいつ？」

振り向かなくても絶対的な力の差は感じ取ったらしい。

「クロ」

アイリが困って呼びかけると、クロは笑う。

「優しさは貴様の美点だが、通じない相手には諦めないと舐められるだけだぞ？」

優しく諭すような言い方にアイリはうつむく。

クロが言うことは、おそらく正しいと思う。

「それでもわたしは簡単に割り切りたくないの」

とアイリは主張する。

クロはうなずいて、

「だそうだ。よかったな。まだ降伏するチャンスはあるぞ？」

　再びラウムに話しかけた。

「こ、降伏する。お願い許して。何もせずに帰るから！」

　ラウルは涙目になり、早口でまくし立てる。

　その様子をジュディスとクロエが呆然と見ていた。

　圧倒的強者と思われた高位の悪魔が、一瞬で弱者に転落したのだから無理もない。

　懇願するラウムの表情は恐怖と絶望でいっぱいだった。

　それで解放するほどクロは甘くない。

「ならこの小娘から奪った生気を返せ。貴様の位階ならできるはず」

「わ、わかった」

　脅すクロに怯えて従うラウム。

（どっちが悪者なのか、誤解されそう）

　とアイリは思ってしまった。

　遠巻きに見ている人たちは、クロが悪者だと思ってるんじゃないだろうか。

　ラウムに生気を返された少女の瞳に力が戻る。

「……ママ？」

　不思議そうな声に、母親の涙腺が一気に崩壊した。

「アガタ！」

母親は叫んで抱きしめる。

（よかった）

アイリももらい泣きして、そっと目尻をぬぐう。

クロはいつの間にか姿を消していた。

「アイリさんのために出てきたのね」

とジュディスが予想する。

「話に聞いてましたが、アイリがこっち側でよかったですね。あんなの無理ですよ」

とクロエがジュディスにだけ言う。

「本当にね」

心の底からジュディスは賛成する。

「王家にどう報告しますか？」

とクロエが声をさらにひそめた。

「そうね」

ジュディスは一瞬考えて、

「彼女はアイリさんが呼ばなくても、アイリさんのために戦った。がいいかしら」

と答える。

アイリが呼ばないと動かない、とは印象がまったく違う。

「わかりました」

クロエはそれを察した。

「ありがとうございます！」

彼女たちの前で、アイリは泣いて喜ぶ母親に何度も礼を言われて困っていた。

「あ、はい。よかったですね」

とまるで他人事のように言う。

アイリの感覚ではクロが勝手に解決したので、自分が誇れることじゃない。

だからこの状況をどう受け止めていいのか迷う。

「あなたがいなければできないことがある。それは認識してね」

とジュディスがアイリに諭す。

「え、はい」

アイリはひとまずうなずく。

「お姉ちゃんばいばい！」

元気を取り戻したアガタは、満面の笑みでアイリに手を振って、母親とともに去る。

診療所に戻った三人は同時に息を吐き出す。

ラウムという山場を乗り越えたという意識は、彼女たちに共通していたのだ。

少し休んだのち、診察を再開して十人の患者に対処する。

うち悪魔憑きが一人いた。

# 第六話　調査

Chapter 06

午前の診察を終えたあと、

「それにしても」

と最初に言い出したのはクロエだった。

「昼までに悪魔憑きが四人はさすがに多くないですか？」

彼女の疑問にジュディスが同意する。

「そうね。少しずつ増えてきた感覚だわ」

と話す表情はけわしい。

「アイリさんの情報は正しかったのかも」

とジュディスは言った。

「やばそうな場所を特定できない？」

クロエに聞かれて、アイリは首を横に振る。

「今のところはわかってないです」

それさえわかれば、とアイリは肩を落とす。

「手がかりがないのは困るわね。国に調査依頼すべきかしら」

とジュディスがそっとため息をつく。

「それがいいかもしれません」

アイリは賛成した。

ジュディスの伝手なら王家へ届くはず。

「アイリに頼るのはどうですか？」

と言い出したのはクロエだった。

「え、わたしですか？」

アイリはびっくりして自分を指さす。

「あなたの周りにいる存在の力なら、候補は絞れるんじゃない？」

クロエは呆れた顔で指摘する。

アイリは昨日を振り返ってみた。

（そう言えばわたし何も頼んでない）

頼まれてないから答えなかった、と妖精たちは言いそうである。

「そうですね。お願いしてみます」

　自分の中で結論が出たのでアイリは答えた。

「断られたらごめんなさい」

　妖精たちは気まぐれだと、彼女は忘れていない。

「アイリさんが断られるなら仕方ないわ」

「他にも手段はありますからね」

　アイリにとってうれしいことに、ジュディスとクロエの二人には理解があった。

「では、聞いてみます。少し抜け出してもいいですか？」

　とアイリは申し出る。

「お昼休みだし。あと二回鐘の音が聞こえたら戻って来てくれる？」

　とジュディスは応じた。

「鐘の音。聞き逃さないようにしないと……」

　アイリは忘れていたのでハッとなる。

　一時間置きに鐘を鳴らして時間を知らすというのは、村にはない制度だった。

「妖精たちがいっしょなら平気でしょ」

　教えてもらえとクロエが薄く笑う。

「あ、はい」

そのほうが確実だなとアイリは納得して、ひとまず診療所をあとにした。

方向感覚はよくないほうだけど、何度か通った道を歩くだけなら何とかなる。

家まで戻ったところで、ドアが開いてティターニアが迎えてくれた。

「おかえりなさい。どうしました？」

彼女はアイリの表情を読んだとたん問いを放つ。

わかるんだ、と感心したけど、時間が惜しい。

「この王都で悪魔憑きが増えてきてるみたいで。どこが発生源か調べたいんだけど、調べられないかな？」

とアイリは問いかける形で依頼する。

「いま兄が調べてます。あなたにいいところ見せたいらしく」

ティターニアの答えは彼女には意外だった。

「え、そうだったの」

気を利かせてくれたのか、とアイリはうれしくなる。

「昨日言えばよかったのに、無駄にかっこつけて空回りしてるだけですよ？」

ティターニアは兄の行動を酷評した。

「あ、言われてみれば」

アイリも素直に納得する。

「それよりいまは休みなのですよね？　ご飯にしますか？」

「うん」

アイリは家の中に入って、待ち構えていたセグの頭をなでてやる。

「セグとはうまくやれてる？」

とアイリはティターニアに聞いた。

天敵と一緒に暮らす妖精。

冗談みたいな組み合わせで、ストレスがたまらないだろうか。

「意外と怖くないですね。私があなたの味方だと理解できる知性があるのは助かります」

とティターニアは平然と答える。

「度胸あるよね。わたしが言うことじゃないけど」

アイリは自分で言って苦笑した。

妖精たちにとって悪夢みたいな状況を作った自覚はさすがにある。

「まああなたの宿命ほどじゃないですよ」

とティターニアは言う。

何か言い返そうとしたアイリは、彼女の表情が慈愛に満ちていたので、口をつぐむ。

「ワン」

セグが吠えたのはティターニアに賛成したみたいで、アイリとしてはちょっと困った。

「……わたしはどうなるの？」

アイリは不安になる。

「どうなっても私は味方ですからね」

ティターニアはちゃっかり自分だけアピールした。

「ワン」

聞いていたセグが不満そうにひと吠えする。

自分もいると言いたいのだろう。

アイリは心があったかくなったので、もう一度セグの頭を撫でた。

アイリはティターニアが用意してくれた昼に目を輝かす。

「白いパンにお肉のスープって豪華じゃない？」

「そんなことはないですよ」

ティターニアは笑って否定する。

「本当はもっと豪華にしたいですが、目立ちかねないので」

と言われてアイリの表情はくもった。

「目立つの、苦手だなぁ……」

一度に浴びる視線は三人以下でお願いしたい。

かなり真剣な気持ちの吐露にティターニアはうなずく。

「そう思って、水準はあまり高くしてません」

「そうなんだ」

これよりも上の世界があるのか、とアイリは衝撃を受ける。

「妙ですね。人間の王と会ったなら、もっといいもの出たでしょう」

ティターニアは怪訝(けげん)な顔をした。

「緊張しすぎて、何食べたのか覚えてない……」

アイリは羞恥で赤くなりながら告白する。

「それじゃあ仕方ないですね」

この子はこういう性格だったとティターニアは納得した。

「ティターニアとセグは食べないからちょっとさびしいね」

気を取り直してアイリは言う。

ひとりだけ食べるというのは少し落ち着かない。

「私たちは魔力があれば死にませんからね」

「ワン」

ティターニアの言葉にセグが同意する。

いいなぁとアイリは思ったけど、言葉にはしなかった。

彼女が食べ終わった頃にオベロンが戻って来る。

「アイリ、帰って来てたんだな！」

彼女の気配を鋭敏に察したらしく、いきなり笑顔だった。

「ただいま。調査はどうだった？」

アイリは即座に切り込む。

「妹から聞いたのか」

オベロンは「おや」という表情になったが、すぐに理解する。

「ああ。怪しそうな場所は特定したよ」

オベロンはそう言ってどや顔になった。

「え、すごい」

アイリは素直に感心する。

自分が仕事してる間にすむとは思ってなかった。

「そうだろう？　もっと褒めてくれ」

ただし、オベロンはどや顔を連続してきたので、すぐにうざくなる。

「どこだったの？」

アイリの問いに彼はどや顔を引っ込める。

「そうだな。学園？　何か人間の子どもが集まって学ぶ場所みたいだった」

「えっ……」

予想外の答えにアイリは固まった。

まさか、という文字が頭の中を駆けめぐる。

（まだわかんないわ）

とアイリは自分に言い聞かせて、深呼吸した。

「どうした？」

オベロンは彼女の変化に気づき怪訝な顔になる。

一方でティターニアは理由を察した。

「兄上、それはリエルが今通ってるという場所では？」

「……そこまでは把握してないな」

妹の指摘にオベロンはしまったという顔になる。

ようやく彼もアイリの懸念を理解したのだ。

「役立たずですね」

ティターニアが酷評すると、

「ワン」

賛成だとばかりにセグも鳴く。

「くっ、言い返せない」

オベロンは悔しそうにうなる。

「ティターニアはリエルたちの魔力を探れる？」

とアイリは確認すると、

「ええ。兄も本当ならできるはずですよ」

呆れながらティターニアは肯定した。

「俺に挽回するチャンスをくれ！」

オベロンは胸に手を当てて主張する。

「家はセグがいれば充分だと思うし、いっしょに行ってくれる？」

とアイリは依頼した。

「お任せください。私がいれば安心ですよ」

「妹め」

ティターニアはいい笑顔で引き受ける。

オベロンは舌打ちしたが、逆らわなかった。

「確認したら診療所に向かったほうがいいですか？」

ティターニアから質問される。

「ど、どうなのかな？」

アイリはうろたえた。

妖精がいきなり出現するのはよくない気がする。

「……終わってからにしましょうか」

「緊急性が高くなさそうなら、終わってからで」

アイリはそう決めた。

「承知しました。兄上の様子から大丈夫だとは思いますが」

ティターニアがいるなら安心できそうである。

「うん、ジュディスさんには一応わたしから伝えておくから」

とアイリは言う。

緊急だとなると、ジュディスの力は必要だろう。

「ところでセグって悪魔相手だとどうなの？」

とアイリはたずねる。

魔法使いや妖精の天敵なら、悪魔相手でも強いんじゃないだろうか。

「え、どうなんでしょう？」

「強そうだけどな」

妖精兄妹(きょうだい)も知らなかったらしく、二対の視線がセグに向かう。

「ワン！」

セグは元気に吠えた。

「悪魔なんて大したことないって言いたそうね」

アイリが頼もしく感じて顎をなでると、尻尾を勢いよく振る。

「今のでよくわかるな……」

オベロンは感心した。

「でもセグの接近に気づいたら逃げ出して、調査にならないかもしれませんね」

とティターニアが指摘する。

「あ……」

その発想はなかったとアイリが固まった。

「わたしだけで行ったほうがいいのかな」

自分なら弱いので無視されると思う。

「大丈夫だと思いますが、いざとなれば駆けつけますよ」

とティターニアが言う。

「きみを守るのは俺の仕事さ」

オベロンが白い歯をキラッと見せる。

「よろしくね」

アイリはティターニアに向かって頼む。

「お任せを」

「ワン」

セグが自分もいると主張するように吠える。

「うーん……うれしいけど、あなたはまずいかな」

とアイリは困った顔で頭をなでた。

「くーん」

セグはしょんぼりしたように鳴き、尻尾を垂らす。

「こいつが暴れたら人間の街が大混乱だろ」

とオベロンが呆れる。

「そもそも被害を抑える器用さがあるとは思えません」

ティターニアも手厳しい評価を下す。

「ワン？」

セグが不満そうに彼らをにらむと、兄妹はビクッとして後ずさりする。

本来の力関係をアイリは垣間見たが、争いはやめてほしいので間に入った。

「怒らないで。落ち着いて」

アイリに優しく話しかけられると、

「くーん」

セグは甘えるような声を出して彼女の頬を舐める。

「きゃっ」

不意を突かれてアイリは可愛らしい声を出す。

「こうして見るとただの犬だな」

とオベロンが感想を言う。

「偽装してる感じはないですね」

とティターニアも言ったところで、鐘の音が聞こえる。

「そろそろ診療所に戻らなきゃ」

気づいてよかったとアイリは思う。

「お仕事がんばってください」

とティターニアがエールを送る。

「ティターニアに言われるとご利益ありそう」

アイリは微笑(ほほえ)みながら仕事に戻った。


「まさか、学園に……？」

アイリの報告はジュディスとクロエにショックを与えた。

「悪魔の性質を考えればあり得ない話じゃないわね」

とジュディスは深刻な顔になって言う。

「わたしが使者となりましょう」

クロエが申し出る。

「えっと、学園の名前まではわかってなくて」

アイリは自分の言い方がまずかったかと思って口を出す。

「どこでも調査に行けるように、情報伝達は早いほうがいい。根回しは時間がかかるものだから」

とクロエは答える。

「なるほどです」

アイリはうなずいた。

（見つけたからすぐに入れるってわけじゃないのね）

と思う。

彼女はそもそも学園がどういう場所か知らない。

「場所が絞れただけでも助かるわ。ありがとう」

「いえ」

ジュディスに礼を言われてアイリは照れる。

「さすが。頼りになる」

ジュディスが奥に引っ込み、クロエは平坦(へいたん)な声で褒めた。

「どうも」

答え方がわからず、アイリはもじもじする。

「調査するなら、ここはどうなるのでしょう？」

意識をそらすために疑問をクロエに投げてみた。

「休むしかない。ジュディス様なしじゃ開けない」

クロエは即答する。

「そうなんですね」

とアイリは答えながらやはり、と思う。

「悪魔憑きが広がるような状況を放置するほうが危険。やむを得ない」

クロエの考えはもっともなのでアイリはうなずいた。

「ところでどうすれば悪魔憑きが増えると思う？」

クロエは逆にアイリに質問する。

「えっと」

アイリにはいくつか候補が浮かぶ。

「今回みたいに静かにとなると、悪魔が寄ってきやすい何かがあるとか？」

「ふむ」

クロエは考え込む。

「たとえば悪魔の偶像とか？」

思いついたのはひとつだけらしい。

「そうですね」

とアイリは同意する。

偶像を設置して悪魔を呼ぶ、というのはおそらく最も有名な手段のひとつだ。

「儀式だと人の耳目に触れないのは変ですから」

「儀式は生贄(いけにえ)も必要だしね」

とクロエが応じる。

悪魔を招く手段のなかで一番有名で最も効果があるものは、とにかく目立ちすぎる。

クロエとアイリが揃(そろ)って今回の件で候補から除外した理由だ。

「他には何かあるかな？」

クロエは疑問を口にする。

「鬼門――地獄とつながる特殊な空間とか？」

アイリは浮かんだことを素直に言った。

「鬼門なら聞いたことはある」

クロエは笑わない。

さまざまな可能性を考慮しているのだろう。

「一番こわいのは自然に発生するケースですけど」

「それはない」

食い気味にクロエはアイリの思いつきを否定する。

「ですよね」

アイリもうなずいた。

自然に鬼門が発生するやばい立地に、学園が設置されるとは思えない。

二人であれこれ考えていると、ジュディスが戻って来る。

「悪いけどクロエ、お願いね」

と言って彼女は手紙を差し出す。

「はい」

クロエは受け取って短く返事を残して、診療所を出る。

「何の話をしてたの？」

とジュディスは問う。

「何が起こってるのか、可能性の検討を思いつくままに、言ってました」

アイリは素直に話す。

（ゴシップ扱いされないといいな）

と思いながら。

「そうよね。学園の中に原因があるなんて、ただごとじゃないもの」

ジュディスは怒らず容認する。

「リエルがいるならめったなことはないと思いますけど」

とアイリは言ったが、楽観論じゃない。

幼かった頃ならともかく、今のリエルならエンプーサにだって負けない。

「そうね。もしかしたら私より強いかも」

というジュディスの評価にアイリはびっくりする。

「さすがにそれはないんじゃ……？」

「戦ってみないとわからないわよ」

彼女の疑問にジュディスは微笑みを返して話を切り上げた。

「午後の準備をはじめましょうか。クロエがいない分、頼りにしてるわよ」

「が、がんばります」

アイリは不安しかなかったが言えない空気である。

ジュディスはけっして圧があるタイプじゃない。

しかし、だからこそ言いづらいケースもあるのだとアイリは知った。

「こ、こんにちは」

午後最初の来訪者は若い女性だった。

どことなく陰気でおどおどとしていて、アイリは親近感を抱く。

「どうかなさいました？」

ジュディスに優しい笑顔を向けられて、緊張がやわらいだようだった。

「実はここ五日ほど、夜中に息苦しくて目が覚めると、必ず金縛りになるんです」

と女性は症状を話す。

「病気以外に原因がありそうな場合は、こちらに相談するといいと知人から紹介されまして」

「たしかに病気以外の可能性を探ったほうがよさそうですね」

とジュディスは言ってちらりとアイリを見る。

アイリは静かに首を横に振った。

（悪魔じゃない。幽霊でもなさそう）

という感覚はジュディスにも伝わる。

あるいは同じ見立てだろうか。

「では詳しく話をうかがいますね」

とジュディスは告げる。

「見る」と「聞く」だけで原因を特定できるケースばかりじゃない。

(クロエさんがいてくれたら)

と思いながら、アイリは不安が顔に出ないよう自分に言い聞かせる。

「熱や倦怠感はないのですね」

と言ったジュディスの表情に少し困惑がにじむ。

ジュディスの「探り」は空振りに終わったようだ。

黙って聞いていたアイリはひとつ思いついたことがある。

「あのう、ちょっと確認してもいいでしょうか?」

手を挙げて遠慮がちに患者に話しかけた。

「何でしょう?」

診療所のスタッフと思われているのか、女性は視線をアイリに移す。

「食事のことなんです。最近食べたものを、覚えてるかぎり話していただけませんか?」

アイリが頼むと、女性は戸惑ってジュディスをちらっと見る。

ジュディスは優しい微笑を浮かべたまま、首を上下に動かした。

「ええっと」

女性は必死になって自分の記憶を掘り起こす。

「一週間前は穀物に、野菜に、あとは香草を」

しどろもどろになりながらも彼女は自分が食べたものを告げる。

「……一週間より前はどうでしょう？　覚えてる範囲でいいので」

アイリがお願いすると、女性は困った顔をしながら従った。

「ええっと、十日くらい前には鶏肉と香草を……」

と自信なさそうに話す。

（もしかして）

アイリの中でうっすらとしてた疑惑が濃くなりはじめた。

だが、まだ確信には至らない。

「ここ最近になって食べるようになったものって何かありますか？　あるいは飲み物でもいいです」

「えっ……？」

とアイリは食い下がる。

女性はさらに不思議そうな顔になった。

体調との関連性を結びつけられていないのだろう。

「飲食物が体調に影響することはありますよ」

と黙っていたジュディスがアイリを援護するように口を出す。

「そ、そうなんですね。知りませんでした」

女性は目を丸くして、それからハッとなった。

「最近と言えば、香草を意識して食べるようになりました」

と告げる。

「香草ですか？」

アイリとジュディスの声が重なった。

「ええ。最近王都の女性たちで話題になってるそうなんです」

という説明を聞いて二人は顔を見合わせる。

「現物を見せてもらってもいいですか？」

とアイリが聞く。

「それはかまいませんが……まさか、香草に原因が？」

女性がそんなバカなと目を見開いた。

「たしかに可能性はかなり低いと思いますが、体質の問題があるので」

とジュディスは指摘する。

「体質ですか？」

　女性はきょとんとして聞き返す。

「ええ。私が食べて平気でも、あなたが食べたら体調を崩してしまう、といったケースは起こり得るのですよ」

　ジュディスは優しく説明する。

「えっ？　そんなことが？」

　女性は知らなかったと目を見開く。

「香草を食べるなとは言いませんが、種類を変えてみてはどうでしょうか？」

「は、はい。それでいいなら……」

　女性はジュディスの提案をすんなり受け入れる。

「あとでどういうものか教えてくださいね」

　とアイリはお願いした。

「ええ。まだ料理に使ってない分があるので、それでもいいでしょうか？」

「それが一番わかりやすいです！」

　女性の返事に対してアイリは食い気味に反応してしまう。

　その後ハッとなって真っ赤になる。

「ご、ごめんなさい」

「いえ。仕事熱心な方なのですね」

女性は笑って褒めてくれた。

アイリはホッとしながらも恥ずかしいことに違いはない。

「ふーっ」

女性が出て行ったところでアイリは息を吐き出す。

頼りになるクロエがいないというプレッシャーはかなりのもの。

クロエがいないと困る患者が来ていないのが幸いである。

「ただいま戻りました」

そこへあいさつとともにクロエが合流したとき、アイリは心から安心する。

「お、おかえりなさい」

彼女の様子を見て、クロエはきょとんとする。

「そんなに大変だった？」

アイリはコクコクとうなずく。

それを見たジュディスが苦笑した。

「心細かったのでしょうね。でも、対応はよかったわ」

「ですよね」

ジュディスの評価を聞いたクロエは納得して、

「あなたが頼りないなら任せてない。診察が終わってから行ったよ」

と告げる。

「えっ」

思いがけない言葉にアイリはびっくりした。

「私も同じ考えよ。無茶なんてさせないわ」

ジュディスも優しく言う。

「そ、そんなこと、思ってなかったです」

アイリは正直に吐露する。

「そう？　じゃあ改めて言うわ。あなたはとてもよくやってくれている。これからもよろしくお願いね」

ジュディスはいやな顔をせず、ゆっくりと言葉にする。

「あ、ありがとうございます。が、がんばります」

アイリは肩を震わせながら答えた。

うれしすぎて泣かないように必死に耐える。

「あとは宮廷の出方ですね」

とクロエが空気を戻す。

「アイリさんの証言があるなら、許可は出るでしょう」

ジュディスは楽観的だった。

「問題は受け入れのほうでしょうか？」

「ええ。どういう形がいいか、話し合わなきゃ」

クロエの疑問に彼女はうなずく。

とジュディスは言ってからアイリを見る。

「アイリさんは何かアイデアはある？」

「えっと」

いきなり振られたアイリは言葉に詰まってしまう。

「あわてなくていいから」

とジュディスは優しく声をかける。

「中をうろついても、不思議じゃないお仕事とか？　村では家がいたんでないか、大工さんが一軒一軒チェックしてました」

アイリは浮かんだアイデアを、体験談を添えて話す。

どうせ潜入するなら怪しまれないほうがいい。

「庭の手入れとか、設備の補修とか、備品の搬入とかならアリでしょうね。在学中に見かけたもの」

とジュディスは語る。

「学園は定期的にイベントがあるので、急がなくてもいいなら、どうにでもなりますね」

とクロエも言う。

「決めるのは宮廷だけどね」

とジュディスは言って、話を切り上げる。

アイリは気づかなかったが、ドアの外に人の気配がしたからだ。

「あのう、今大丈夫ですか」

と声をかけて中に入ってきたのは、先ほど診察した若い女性だった。

「ええ、どうぞ」

とジュディスがうながすと彼女は中に入ってきた。

左手に持つ透明な瓶には詰められた緑色の香草が入っている。

「お話にあったものを持ってきました」

「これですか」

ジュディスは受け取ってアイリたちに見せる。

「知っているかしら？」

という問いにクロエは首を横に、アイリは縦に振った。

「たぶんこれは『ディサーナ』ですね」

「知っているのね、アイリさん」

「さすが」

ジュディスとクロエの賞賛が相次ぎ、女性も感心の視線を彼女に向ける。

「た、たまたまです」

アイリは恥ずかしくて謙遜した。

「それでどんな香草？」

とクロエが問う。

「体質によっては魔力がかき乱され、色んな不調を引き起こします。めまいとか頭痛とか、吐き気とか」

アイリが語り終えるとジュディスはうなずく。

「あなたの症状は軽いほうだったようです」

「そ、そうだったのですね」

答える女性の顔色が悪くなる。

そして彼女は迷った末に口を開いた。

「あのう、知り合いにも伝えたほうがいいでしょうか？」

不安になるのはもっともだとアイリは思う。

「体調を崩しているお知り合いには伝えてください。何ともない方は食べるのをやめなくても、心配はいらないと思います」

と言ってからアイリは「あっ」と声を出す。

「食べすぎは体調を崩しやすくなります。一日に葉っぱ二枚くらいが適量だと思います」

「……一日五枚くらい使ってました」

アイリの注意を聞いた女性は愕然（がくぜん）とする。

「原因、それかもしれませんね」

アイリは納得したという顔になった。

「き、気をつけます」

女性のほうは気まずい表情になる。

「病気」や「香草の未知の効果」ではなく、「自分の食べすぎ」という可能性が高くなったせいだろう。

「もしも症状が続くようでしたら、もう一度来てくださいね」

雰囲気を変える優しい笑顔でジュディスは言った。

「一応あずかっていいですか」

とクロエが申し出る。

「ええ、どうぞ」

女性から受け取ったクロエは棚のあいてる場所にビンを置く。

「あとで調べます」

と彼女が言うので、アイリは手伝えないかなと思う。

用件が終わった女性は去っていき、彼女たちは診察を再開する。

そしてすべて終わってアイリが外に出たところで、オベロンとティターニアが待っていた。

「当たりでしたね。リエル、レティ、デボラの魔力も確認しました」

とティターニアの報告にアイリは息を呑む。

「失礼。王立魔法学園の話でいいですか？」

と横からジュディスが口を出す。

珍しく動揺しているようにアイリには見える。

「ええ。そうですよ」

オベロンはムッとしていたが、ティターニアは愛想よく応じる。

「なんてこと……」

ジュディスの顔に焦りと不安が見えた。

「な、何かあるんですか？」

アイリが思わず心配になって声をかける。

「ジュディス様は後輩想いで母校愛が強いから」

とクロエが説明した。

「この時間帯に来たということは、緊急性は低いんだよね？」

アイリはジュディスに安心してほしくて、わざとティターニアに確認する。

「ああ。とは言っても楽観できるかわからないけどな」

とオベロンが空気の読めない発言をして、アイリがムッとした。

「リエルがいますからね。内部を調査するのは難しかったのです」

とティターニアは苦笑いして事情を告げる。

「あ、たしかにあの子は……」

アイリは頭を抱えた。

妹なら妖精たちに感づくだろうし、いつも通りにぎやかに話しかけるというのは容易に想像できる。

今回のようなケースではあの性格はリスクと言えた。

「いえ、こんなに早く場所が特定できただけありがたいわ」

動揺から立ち直ったらしいジュディスが言う。

「手を打つのは早いほうがいいですよね」

とクロエが賛同する。

「宮廷には続報を届ければいいだけだし、何とかなるでしょう」

ジュディスの口ぶりは自分に言い聞かせているようだった。

「ありがとう。帰って休んでね」

とジュディスが言ったので、アイリは従った。

# 第七話 診断開始

Chapter 07

二日後、アイリは朝早く家を出て、診療所の前でジュディスたちと合流する。

宮廷の対応は早く、すでに学園に話をつけて、彼女たち三人を招き入れる日を用意したのだった。

「健康診断は盲点だった」

とクロエが振り返る。

宮廷から通知が来たとき、彼女もジュディスも「あっ」と声をあげたものだ。

いろんな策を練った結果、一番単純なものを見落としていた、と彼女たちは反省したのである。

「けど、ありがたいわね。動きやすくなりそう」

とジュディスが苦笑気味に応じた。

「そうなんですか？」

アイリはきょとんとして首をかしげる。

彼女は「健康診断」自体を知らないので、二人の考えに共感できない。

「ええ。医者として入れるなら変装しなくていいし、学園関係者全員の健康状態をチェックするという名目で、中を歩いてもいいもの」

とジュディスが説明してくれる。

「医者や薬師(くすし)以外が持っていると不自然なものもあるからね。持ち込める物資が全然違ってくるよ」

とクロエも言う。

「なるほど」

たしかにパン屋さんが解毒剤を常備してると怪しい、とアイリは納得する。

「もっとも、時期が例年よりも早いし、やり方も違うでしょうから、疑われる覚悟はしておかなきゃね」

とジュディスが楽観的な空気を引き締めた。

「疑われたらどうなるのでしょう?」

とアイリは不安になる。

「さあ?　突っかかって来てくれたら楽だけど」

とクロエは肩をすくめた。

返り討ちにする気満々らしい、とアイリは察する。

やはりと言うか、彼女は武闘派のようだ。

「アイリさんは自分の身を守ることを優先させてね」

とジュディスが心配そうに言う。

「え、調査は……？」

アイリはきょとんとする。

そして自分なら調査に役に立てるというのは自惚（うぬぼ）れだったのか、と恥ずかしくなってきた。

「逃げない勇気は評価できるけれど、安全の確保のほうが大事」

とクロエが諭す。

「アイリさんは戦いが苦手でしょう？」

とジュディスに聞かれ、アイリはこくりとうなずく。

「じゃあ逃げても大丈夫。そういうのは私たちに任せて」

柔らかい口調でジュディスは言う。

「はい」

威圧感はなく、自信にあふれるわけでもない。

まるで着ていく服を決めるような彼女の態度に、アイリはかえって凄みを感じる。

「それにアイリさんに何かあったとき、お友達のほうが怖いわよ」

とジュディスがつけ足したが、笑顔だったので冗談だとアイリは解釈した。

(でも、クロとセグに関しては笑い話じゃないかも)

とアイリは思いなおす。

彼らの暴走を防ぐという意味で、自分の安全は大切かもしれない。

「わかりました。安全第一に行きます。妹はどうしますか？」

とアイリは確認する。

(あの子の性格上、介入してきそう)

姉としての勘だった。

レティとデボラはこっちに合わせてくれそうだけど、リエルは彼女たちの指示を平気で無視しかねない。

「できれば大人しくしてほしいのだけど」

ジュディスの困惑はもっともである。

アイリへの押しかけ援軍だとしても、場を混乱させかねないイレギュラーを歓迎できるはずがない。

「妹がすみません」

まだ何も起こってないのに、つい条件反射でアイリは謝った。

「もしもの際はアイリさんの護衛にすればいいのでは？」

とクロエが提案する。

「それは名案ですね」

アイリが賛成した。

「わたしを守る、指示に従う、ならあの子は言うこと聞くかなと思います」

言っていてどうなんだと思わなくもないけど、事実だから仕方ない。

目の届くところにいるのが一番安心だ。

「ではリエルさんに関しては決まりね」

とジュディスは言う。

「調査の話だけど、アイリさんは別行動をお願い」

とクロエから指示が出る。

「え、いっしょじゃないんですか？」

アイリは目をぱちくりさせて聞く。

「三人いっしょだと調査効率が悪いわ。おそらく一番探知力のあるあなたに、別行動で敷地内部を調べてほしいの」

とジュディスに言われた。

「アイリや私たちなしで悪魔憑きに対処できるのですか？」

アイリと一緒に来ていたティターニアは横から冷たい口調で問いを放つ。

「簡単じゃないと思うわ」

ジュディスはけわしい顔で答える。

「けど、最も重要なのは大本を叩くことよ。それはアイリさんが適任でしょう」

という彼女の考えを聞いて、アイリはなるほどと思う。

「エンプーサくらいはそっちで倒してもらわないと話にならないぜ？」

とオベロンが辛らつな口調で言った。

その表情からジュディスたちの実力を疑っていることがうかがえる。

「周りの被害を気にしなくていいなら勝てる」

とクロエが淡々とした口調で切り返す。

「そういう意味でここは好都合。武闘派染みた考えが浸透している機関だから」

言ったあと彼女が浮かべた薄い笑みは、獰猛な獣みたいだとアイリは感じる。

「根回ししってそこを含めたものなのよ」

とジュディスが苦笑気味に言う。

「あっ、そうだったのですね」

アイリは目を丸くする。

彼女は何も知らず、ただ健康診断の手配をしただけだと思っていた。

「話を戻しますが学園へティターニアを連れて行ってもいいのですよね？」

とアイリは問いかける。

「ええ、もちろん」

ティターニアに人間がいろんな部分で敵わないのは当然だ。

とジュディスは答える。

「そのつもりだったのではないの？」

クロエが不思議そうにアイリを見た。

ティターニアとオベロンの口ぶりを考えると、クロエの反応は不思議じゃない。

「一応聞いておきたかったんです」

アイリは弁明する。

妖精たちの好き勝手な言動には慣れているので、いちいち止めたりしなくなってしまっているのだ。

「学園内に変わった様子はないみたい。妖精の気配に気づかれなかったのなら平気でしょう」

とジュディスは話す。

その他、いくつか確認して三人は王立魔法学園に足を運んだ。

「大きいんですね」

塀も建物も立派でアイリは心理的に圧倒された。

ジュディスとクロエは彼女の心情を思いやってか、何も言わず見守る。

すでに授業がはじまっている時間だからか、校門の周辺に人影はまったくない。

「ご、ごめんなさい」

少しの間を置いてアイリはハッと我に返った。

「初めての場所だから仕方ない」

「珍しく兄上がいいこと言いました」

ついてきた妖精兄妹（きょうだい）が揃（そろ）って彼女を擁護する。

「もう、そろそろ気持ちを切り替えて」

とアイリが注意した。

ジュディスたちは遠慮してしまって彼らには何も言わないので、自分が言うしかないと思っている。

彼らはその気になればできるはずだった。

「善処しよう。ところでけっこうやばそうな気配だよ？」

オベロンは言ってから学園の内部を睨む。

「同感ですね」

ティターニアも言ってからジュディスたちを見る。

「何にも感じないのですか？」

「何か違和感があるくらいですね」

「わたしも」

ジュディスたちと妖精たちの感覚の差を、アイリは改めて感じた。

もっともアイリ自身も「何となく」程度だが。

「まあアイリだけ守ればいいなら何とかなるだろ」

とオベロンは自信を見せる。

「兄上、油断しないでくださいね」

ティターニアは兄に釘(くぎ)を刺す。

「で、では別れましょう」

アイリが顔を引きつらせ、ジュディスたちを促した。

「ええ、お互いに気をつけましょう」

とジュディスは言って、クロエを伴って先に中に入る。

「どう動くか決めてますか？」

とティターニアがアイリに問う。

「ジュディスさんたちが人の耳目を集めてる間に、学園内の怪しいところに進むって感じになるかな？」

「曖昧だな。臨機応変ってやつか」

アイリの答えにオベロンがやや呆(あき)れる。

「実際、出たとこ勝負するしかないじゃない？」

妖精兄妹の証言以外、宮廷が動くほどの証拠はない。

その点に触れてから、

「よく信じてもらえたよね。あなたたちだからかな？」

とアイリは言う。

オベロンとティターニアの名前は重みが違うという考えを聞いて、

「それはないんじゃないですか？」

ティターニアが否定する。

「きみの力だろう」

オベロンも同意した。

「そ、そうなのかな？」

アイリはやはりピンと来ず、話を変える。

「ジュディスさんたちの現在地わかる？」

「ああ。敷地の中を移動してる」

オベロンが彼女の問いに即答した。

「あの二人が診察をはじめたらわたしたちも行こうね」

とアイリが言うと、ティターニアが首をかしげる。

「では、壁の陰に隠れたほうがいいのでは？　ここだと外からは目立ちます」

「あっ……」

もっともな指摘だったので、アイリは赤面しながら校門をくぐった。

壁は彼女の背より頭三つ分は高いし、大きな木の陰の下ならば、内部からも見えにくいだろう。

「誰が何をやってるのかな」

アイリは手持ち無沙汰なので、疑問を放つ。

「さあ？」

対する妖精たちの反応は淡白だった。

彼らは彼女についてるのであって、今回の件にさほど興味はないのだろう。

「止まりましたね。あの二人。そろそろ診察か、準備段階でしょうか？」

とティターニアが不意に言った。

「じゃあ、わたしたちも動いてみよう」

とアイリは歩き出す。

二人が頑張ってるのに自分だけ何もしないのは落ち着かない。

せっかく憧れの学園内に入れたのだが、責任と緊張でアイリの心はいっぱいいっぱいだった。

「待ってくれ。俺が先導するよ」

オベロンが回り込むが、アイリは首を横に振る。

「怪しい場所を探すだけじゃなくて、体調を崩している人がいたら、助けたいの。それもわたしの務めだと思うから」

「それはもっともですね。兄は気が利きませんが」

ティターニアは賛成しながら兄を否定した。

「アイリが言うなら仕方ない。俺も救護とやらをやるとしよう」

オベロンはしぶしぶという顔で肩をすくめる。

「兄上には不向きでしょう。私に任せてください」

「お前、いつもおいしいところ取りしようとするよな」

「お互い様でしょう」

兄妹喧嘩（げんか）がはじまったので、アイリはあわてた。

「待って。そこまでだよ」

両者の間に入ると、冷静になったのか争いが中断する。

「ごめんなさい」

「悪かった」

素直に謝るのが彼らのいいところだとアイリは受け止めた。

「反省はあと。異常はない？」

と彼女は問う。

「いくつか怪しい部分はあるけど、それが疑問だな」

オベロンが真剣な顔で答える。

「ダミーが多い、あるいはすべてがダミーかもしれません。反応的に」

とティターニアが掘り下げた。

「えっ」

アイリの中で不安が急激に広がっていく。

「まさか、待ち伏せされてた？」

彼女の頭の中に浮かんだ最悪の答えを口にする。

「敵の罠にまんまとかかったなら、ジュディスさんたちが危ないんじゃ？」

二人の身が心配になった彼女を、ティターニアがなだめた。

「二人の気配に変化はありません」

「気にしすぎじゃないか？」

と楽観論を言ったオベロンを、アイリがジトッとした目で見る。

「この施設の奴らの調査をごまかすための手段って可能性のほうが、高いんじゃないか？」

オベロンはすばやく自説を展開した。

「ああ、なるほど」

ありうると思ったのでアイリは落ち着く。

それでも不安は消滅しなかったので、

「二人に何かあったら教えてね」

と妖精たちに頼み見回りをはじめる。

「かまわないけど、そんな心配なら別行動しないほうがよかったんじゃないか？」

オベロンは理解できないという顔で言った。

「わたしの立場じゃ断れないよ……」

とアイリは弱気な顔になる。

「兄上だけ別行動させるという手がありましたよ」

とティターニアが言うと、

「あっ、ほんとだ」

アイリはポンと手を叩く。

「ひどくないか？」

オベロンの抗議を無視して女子たちは校舎の裏側に移動し、茂みの陰に隠れ地面に刺さっていた一本の黒い棒を見つけた。

見えている長さはアイリの手のひらくらいで、よくない気配を感じる。

「アイリは触らないでください。兄上」

「任せろ」

オベロンは右手で掴み、棒をへし折る。

「それは何だったの？」

とアイリがたずねた。

「悪魔と親和性が高い『瘴気』を生むアイテムだ。一本だと大した力はない」

「ですが、何本もあれば状況は変わります」

オベロンの解説にティターニアがつけ足す。

「悪魔憑きが生まれやすくなる土壌を発生させるくらいに？」

とアイリが言うと、兄妹は同時に肯定する。

「他にも探してみよう。この分だとまだありそうだ」

とオベロンに言われて、アイリはうなずいた。

「たぶん目立たないところにあるよね」

アイリが予想を言うと、

「おそらく。さすがアイリだ！」

オベロンがきれいな笑顔で褒める。

「わざとらしすぎる」

アイリは聞き流して歩き出す。

「単独行動は控えてください」

とすぐに追いついたティターニアが注意する。

「君なら悪魔が逃げていくだろうけど、念のためだ」

とオベロンがさわやかに言う。

「あ、ごめんなさい」

アイリは素直に謝って歩いていると、焼却炉に出てしまった。

「ここでゴミを燃やすのかな？」

とアイリが言ってる間にオベロンがその裏側に回り、一本の黒い棒を引き抜く。

「人間には気づかれない位置にあったな」

アイリに見せてからへし折った。

「……あまり変わった気がしないね」

とアイリは学園の空気を肌感覚で話す。

「ええ。まだまだ本番はこれからということでしょう」

「ま、仕方ないだろ」

ティターニアとオベロンも同意する。

庭の端に刺さっていた一本をオベロンがへし折り、来た道を引き返していると、にぎやかな話し声が聞こえてきた。

男女の集団が校舎の外に出てどこかへと移動している。

「あれ？　知らない人がいる」

先頭の女子生徒が怪訝（けげん）な顔でアイリを見る。

「健康診断の兼ね合いで見回りするって通達があったよ？」

その隣の女子が言った。

「あ、そうか。じゃああの人がそうなんだね」

「年齢はわたしたちと変わらないのに？」

後ろの女子生徒がアイリをじろじろ見ながら言う。

（ううう、落ち着かない）

せいぜい二十人くらいだろうが、それでも内向的なアイリにはつらい。

だが、不審に思われてはまずいので、耐えるしかなかった。

「優秀な人なんだろうね」

「そんな人いるんだ？」

「ほら、他のクラスだけど、リエルちゃんすごいじゃない」

「あの子は天才というか、超人でしょ……」

などと話しながら彼らは通路を右折して、建物の中へ消えて言った。

「すごく普通にリエルの名前出たね」

とアイリは感心してティターニアに話しかける。

他のクラスでも有名になっているそうだ。

「あの子は大したものです。アイリほどではないですが」

ティターニアは応じる。

ほんのちょっと混ざった羨望に気づいたのか、気遣うような視線をアイリに向けた。

「そうそう。君ほどじゃない」

とオベロンが馴れ馴れしく言ったので、

「うちの妹を悪く言わないで」

アイリは切り返す。

「失礼した」

オベロンはあっさりと引っ込む。

「移動する者が出たなら、そろそろ建物の内部に入ってもいいのでは？」

ティターニアの提案にアイリは首をかしげる。

「大丈夫かな？」

「健康チェックの名目なら、建物の中も見ておくほうがいいだろ」

とオベロンが言う。

「それに中の目立たない部分にも何か仕掛けがあるかもしれません」

とティターニアにも指摘されて、

「たしかに」

アイリは同意する。

ジュディスにも自由に入っていいと言われていた。

校舎の中となると今以上に緊張するのだが、行くしかない。

ぎゅっと両手に力を入れてゆっくりと進んでいると、ティターニアがそっと彼女の左手を握ってくれる。

驚いて視線を向けたら優しい微笑を返された。

ひとりじゃないと勇気をもらって建物の中に入ってみる。

（何か雰囲気が違う気がする）

とアイリは思う。

実は敷地内に足を踏み入れたときも同じだったのだが、より一層違いを感じてしまった。

「この建物は外れだったみたいだ」

とオベロンが言ってティターニアもうなずく。

「あなたたちが細かい部分を摑めないくらい、変な気配なのね」

とアイリは事態の深刻さを再認識する。

「むしろ逆だな」

ところがオベロンが首を横に振った。

「弱いものしかないため、把握しづらいという印象です」

ティターニアが補足して、すぐに苦笑する。

「私たちをあざむけるほど強大な相手、という可能性もゼロというわけではないですが」

「えええ……」

アイリは動揺した。

妖精兄妹が圧倒されるほどの強敵は、さすがに想定していない。

「ど、どうすれば……？」

声を震わせ、涙目になった彼女をティターニアがそっと抱擁する。

「大丈夫です。脅かしすぎましたね」

と言われたアイリは少し落ち着きを取り戻す。

「お、脅し？」

「あくまでも最悪の話だ。君は俺が守るよ」

とオベロンは笑顔で言った。

うさんくさいのでアイリは聞き流す。

「いざとなったらクロを呼べばいいのです」

とティターニアは優しくささやく。

「いいのかなあ……？」

アイリは楽観できなかった。

何でクロが自分に好意的なのか、今一つ理解していないせいだ。

だけど、うじうじしているわけにもいかない。

「次はどうする？　建物の中を探す？」

アイリは無理やり気持ちを切り替え、妖精たちに相談する。

「そうですね。例の棒は部外者が突き刺すのは極めて困難でしょう。実行犯は内部にいると見るべきです」

とティターニアは答えた。

「人間か、人間のフリをしてるのかまではまだわからないしな」

オベロンが妹に賛成だと言う。

「人間ができるの？　わたしは触るなって言われたのに？」

アイリは疑問をたしかめる。

「悪魔憑きなら持てるし、物陰に刺すくらいできるさ」

予期していたようにオベロンは即答する。

「憑依レベルが中位——悪魔が肉体を操作できる段階——なら、いけると思います」

ティターニアの言葉にアイリはうなずき、すぐに首をかしげた。

「でも、それだと周囲に悪魔憑きってバレるんじゃない？」

「そこが問題なんですよ」

とティターニアがため息をつく。

「リエルがいますし、学園職員にはジュディス並みの実力がある者もいるようですが」

「手がかりが足りてないってことだぜ、アイリ」

とオベロンが結論を告げる。

「まあ、はじまったばかりだしね」

アイリは落ち込まないように意識して明るく言った。

(ジュディスさんにクロエさん、妖精たちまで投入されてる任務なんだから)

と考えて自分を納得させる。

建物を隅々まで見回り、おかしな点がないと確認して、外に出た。

先ほどまでとは別の集団と遭遇したところで、

「あーっ、お姉ちゃん！」

うれしそうなリエルの声が響く。

(ああ……)

アイリとしては残念だったし、「こうなるのか」という気持ちもあった。

リエルはすぐに駆け出して彼女に抱き着いて来る。

「やっと会えたね！」

あぜんとしている周囲のことなんて彼女はおかまいなしで、満面の笑みを姉に向けた。

「そうね……」

アイリとしては複雑である。

できるだけ目立たず、学園の関係者に注目されず、今回の任務を終えられればいいなと、
はかない夢を持っていた。

(仕方ないか)

気持ちの切り替えが速いのは、悪い意味で妹に慣れているからだった。

「ジュディスさんの診断は終わったの？」

「うん！　みんな異常なしだって」

アイリの問いに妹は即答する。

「そう」

アイリはホッとする。

リエルの学友に悪魔憑きがいなかったのは喜ばしい。

「お姉ちゃんはどんな感じなの？」

とリエルは遠慮なく問いかける。

「順調よ」

アイリは隠さずに教えた。

よほどの愚か者じゃないかぎり、彼女がジュディスたちの仲間であり、学園内の異常を探していると、気づくはずである。

（人に聞かれて、噂になるほうが、都合がいいかも）

とひらめいたのだ。

噂が広がるほど、敵は何らかの行動を見せるだろう。

そういう意味で、にぎやかなリエルと会話するのは悪いことじゃない。

間違いなくリエル自身はそこまで考えてないが。

(だからこそチャンスかも)

とアイリは期待する。

第三者から見た場合、アイリは何も知らない妹の無邪気な行動に困らされているように思えるだろう。

そしてけっして間違いじゃない。

「さすがお姉ちゃん!」

リエルは満面の笑みを浮かべる。

「……リエルちゃんの知り合い?」

メガネをかけた真面目そうな女子が声をかけた。

「うん、わたしのお姉ちゃんだよ! 今日の診断のスタッフなんだ!」

とリエルは振り向いて得意そうに紹介する。

「ええっ、あの人がリエルちゃんのお姉ちゃん!?」

「本物!?」

「実在したんだ」

「じゃああの話も本当なのかな？」

「マジかよ」

女子たちを中心に一気に驚きが広がっていく。

まるでアイリが架空の人物だと思っていたかのような反応だ。

「リエル？　みんなに何を言ってたの？」

不安と疑問を抱いたアイリが問うと、

「えへっ、ぺろっ」

リエルは全力でごまかし笑いを返す。

「正直に話さないなら口きかないよ」

叱るときに効果てきめんの文句をアイリが口にすると、

「ごめんなさぁぁぁぁあああい！」

リエルは半瞬で涙目になり、全面降伏した。

「リエルちゃんが謝った!?」

「それもあんなにあっさり！」

「やっぱりリエルちゃんのお姉さんは最強なんだね」

やっぱり女子たちは驚いている。

学園での生活態度がとても気になったアイリだが、優先順位を忘れていなかった。

「何か異常は感じない？」

「うん、学園に朝入ったときよりちょっと空気が変わったくらい」

リエルは姉の問いに答えてから、反対にたずねる。

「お姉ちゃんが何かしたの？」

「まあね」

本当はオベロンなのだが、学園生たちの前なので名前を出すのを控える。

「じゃあ、わたしも手伝う！」

リエルは元気よく右手を挙げて言った。

「言い出すと思った」

アイリがため息をつくと、

「レティとデボラの許可はとったよ。本当だよ」

とリエルは主張する。

どうやら彼女は姉の反応を予想していたようだ。

「……レティさんからの提案でしょう？」

なんて、妹を誰よりも知るアイリは思わない。

「正解、さすがお姉ちゃん」

リエルは悪びれず笑顔で認める。

妹に根回しなんて思いつくはずがない、という彼女の予想は的中だった。

「じゃあ、二人で回りましょうか」

とアイリが言うと、リエルは一瞬固まる。

どうやら彼女の意表を突く反応だったらしい。

でも、すぐにリエルは笑顔になって、

「予想してたんだね。さすがお姉ちゃん！」

と再び抱き着く。

「はいはい」

とアイリは苦笑してあしらう。

何でもさすがと言われているので慣れている。

「許可が出たということは、授業は？」

アイリは一応確認した。

「今日は自習なんだよ！　偶然だね！」

とリエルは力強く言う。

「へえ、そんな日もあるのね」

とアイリは応じる。

もちろん偶然のはずがないし、リエルも知っていた。

（相変わらず、とぼけるのは上手いわね）

とアイリはひそかに感心した。

実はリエルは腹芸のたぐいができないわけじゃない。

ほとんどの学生たちはおそらく知らないだろう。

「じゃあいっしょに行く？」

とアイリが言うと、

「うん！　案内するね！」

リエルは張り切って答えてから、学友たちのほうを見た。

「というわけだからまたあとでね！」

「はーい」

「ばいばーい」

学友たちはあっさり受け入れて立ち去る。

「……もっと驚かれるかと思ったけど」

アイリは意外さを抑えきれない。

「そう？」

リエルは首をかしげてから、

「レティとデボラと行動するときもあるからかな？」

と首をかしげた。

「何それ。迷惑かけてない？」

アイリはつい問いただしてしまう。

「えー、大丈夫だよ」

リエルはへらへら笑いながら答える。

「……まあいいわ。お仕事をはじめましょ」

「うん！」

リエルは返事をしてくっついてきた。

アイリは胃痛を感じつつ、あとでレティに聞いてみようと決意する。

# 第八話　異変

Chapter 08

リエルが最初に案内したのは、赤い屋根の建物だった。

一階建てで、他の校舎と比べて明らかに小さい。

「あれが食堂とカフェだよ、お姉ちゃん！」

「一つの建物の中に店舗が二つあるの？」

リエルの言葉にアイリが首をかしげる。

「ううん！　ランチタイムとカフェタイムで、サービス内容が変わるんだよ！」

リエルは姉の勘違いを笑わずに訂正した。

「へえ、そうなんだ」

村では絶対あり得ない発想にアイリは感心する。

そんな彼女の表情を見たリエルは、

「お仕事終わったら行かない？」

と誘った。

その表情でアイリは察しがつく。

「そのためにまずここへ来たのね？」

「えへへ。バレちゃった」

リエルは照れ笑いで認める。

「仕事が終わってジュディスさんの許可が出たならいいよ」

とアイリは答えた。

妹は欲望に忠実なだけで、仕事は真面目にやる。

その点を疑う必要はないが、モチベーションは維持してほしい。

「わぁあい！　やったあ！　お姉ちゃん、大好き！」

リエルは大喜びではしゃぐ。

単純だが、それが可愛らしい。

落ち着けばたちどころに彼女は集中する。

（相変わらず切り替えがすごいわね）

アイリはよく知っているからこそ、さっきの寄り道みたいなやりとりを咎めなかったのだ。

「建物の中っていま入ってもいいの？」

とアイリは問う。

「うん、いいと思うよ」

リエルは即答する。

「中も案内するね！」

とリエルはアイリの手を引いて中に入り、いろいろと教えてくれた。

「おや、リエルちゃん、どうしたの？」

厨房(ちゅうぼう)の付近を通りかかったところで、恰幅(かっぷく)のいい中年女性が顔を出す。

「こんにちは！　お姉ちゃんのお手伝いをしてるんです」

リエルは顔なじみのようで、元気よく事情をしゃべる。

「へえ、あんたがうわさの！」

またかと思いながらアイリは、

「妹がお世話になっています」

笑顔であいさつした。

「体調を崩した人とか最近見ませんでしたか？」

とアイリは問う。

不審者について自分がたずねても教えてもらえないだろうと思うからだ。

「話に聞いたことはあるけど、見かけたことはないね」

女性は素直に教えてくれる。

「ここで体調を崩したらみんなに広まると思うよ、お姉ちゃん」

とリエルが言う。

（それだけ人が集まる場所ってことね）

今回の事件の黒幕に標的にされやすい、とアイリは解釈する。

もっとも、他にも同じ条件のエリアはあるかもしれないので、無知なフリをした。

「そうなの。こんな大きな学園に通ったことないから知らなかったわ」

と自嘲する。

本音が混ざってしまったから、厨房の女性は疑問を抱かなかったらしい。

「悪いけど力になれないね。場所柄、何かを隠すのに向いてないだろうし」

と女性は言う。

「ですよねー。お邪魔しました」

リエルはアイリの手を取ってその場をあとにする。

「ねえ、他にも人がたくさん集まる場所ってあるの？」


——

外に出て、周囲に人がいないことを見計らってアイリはたずねた。

「いくつかあるよ。怪しそうなのは集会所と運動場かな」

リエルは即答する。

「二つもあるの」

（この子がいてくれてよかったかも）

とアイリは思う。

学園の施設は彼女が想定していたよりもずっと広い。

ひとりでは気後れして立ち回りに影響が出そうだ。

「ところで集会所って何なの？」

「朝礼とかでみんなを集めるところかな？」

という風にアイリは質問しながら見回りを続ける。

「アイリ、ちょっと待ってくれ」

オベロンが声をかけて建物の裏に回り、黒い針を握り潰す。

「え、あんなのがあるの？」

初めて見たリエルが目を丸くする。

「うん。たぶん、悪魔憑き現象を発生させやすくしてるの」

「……となると、怪しいのは教師か用務員さんなのかなあ？」

姉の言葉を聞いたリエルがそんなことを言い出す。

「えっ？　何で？」

アイリがびっくりして問いかける。

「だって学生は学園の中にそんな詳しくないもん。学園内のどこにいても、誰も不思議に思わないなら、用務員さんかな？」

とリエルは根拠を語る。

「なるほど……」

アイリは納得し感心した。

「とは言え、ジュディスさんの判断を待とうね」

アイリはそう言って妹に釘（くぎ）を刺す。

じゃないと独断で用務員さんを拘束しかねない。

「うん、お姉ちゃんが言うなら」

リエルはあっさり受け入れる。

「そう言えばジュディスさんたちはどこにいるの？」

「保健室」

アイリの問いに答えたリエルは、具合が悪くなった生徒が休む部屋があると話す。

「そんな部屋が」

知らないことばかりだとアイリが感じると、

「あ、集会所についたよ、お姉ちゃん」

とリエルが前方を指さす。

白い壁と赤い屋根の大きな箱のような建物だ。

「大きいね」

「うん、学園の人みんな入るための場所だから」

リエルの説明を聞いて、アイリは疑問を持つ。

「あそこにみんなを集めたほうが早かったんじゃない？」

学園の人間が全員集合すれば、悪魔憑き探しなんて一瞬で済む。

「それやったら死人が出ると思うよ」

「えっ……」

リエルの指摘にアイリは困惑する。

「だってこれ、絶対誰かの企(たくら)みでしょ？」

とリエルは言う。

「力の弱い悪魔が偶然やってくることはあり得ても、今の事態が偶然はあり得ないですね」

アイリの背後に控えていたティターニアが同意する。

「そ、そうだよね」

アイリでもそこは理解できた。

「となると、なるべく秘密裏に処理したいよね。どうせいつかは気づかれるけど」

リエルの言葉にアイリはひとまず納得したので、

「なら、まずは集会所の中を見てみる？　みんなに悪影響を与えたいなら、うってつけの場所みたいだし」

アイリは提案する。

「うん！」

リエルの素直な性格に彼女は安心した。

集会所のカギはかかっておらず、彼女たちはドアを開ける。

（断りを入れなくていいのかな？）

とアイリが不安に思った瞬間、

「お姉ちゃんなら入っても大丈夫だよ。通達あったし」

リエルが心を読んだようなことを言った。

「そうなんだ」

アイリは慣れているので驚かずうなずく。

たしかに逐一許可を求めていたら、調査がはかどらない。

（ジュディスさんがおっしゃった『根回し』ってこういうことかぁ）

と今さらアイリは合点がいく。

中は閑散としている。

「的中だな」

とオベロンが言い、アイリの右側の上に飛んでいく。

「私も行きましょう」

ティターニアはリエルを見て、オベロンとは反対側に飛ぶ。

「わたしがいるから、だよ」

リエルが言った。

「護衛してくれてたのよね」

ティターニアが今まで自分から離れなかった理由に、気づいてるとアイリは返す。

「悪魔がお姉ちゃんを襲ってくるか、疑問だけど」

とリエルは言う。

「相手によるんじゃない？」

アイリは首をかしげる。

「聞き分けいい子が多いけど、全員がそうじゃないでしょ」

だから最悪を想定するのは理解できる、と彼女は思う。

「……まあ、悪魔王クラスならさすがに抵抗されるかも？」

とリエルが小声で言うと、アイリには聞きとれなかった。

聞き返そうと思ったとき、オベロンとティターニアが戻って来る。

彼らの手には小さい釘のような外見の針が五つあった。

「建物に打つ釘にそっくりでした」

とティターニアが報告する。

「ウソっ、気づかなかったなぁ……」

リエルがまず目を見開き、次に肩を落とす。

アイリが黙って彼女の肩を抱くと、これ幸いとばかりに抱き着いて来る。

普段は妹のスキンシップ癖に困っているが、今は優しく受け止めた。

「人間には知覚できないよう偽装の力が宿ってやがる。たちが悪そうだ」

とオベロンが針を握り潰しながら感想を言う。

「たくさん人がいる場所に仕掛けてるんだし、悪意が強すぎるね」

と言ってアイリは顔をしかめる。

「大丈夫だ。俺に任せろ」

オベロンが白い歯を見せたのをスルーして、

「ティターニア、リエル。頼りにしてるね」

とアイリは声をかける。

「ええ、もちろん」

ティターニアは笑顔で応え、

「悪い奴は、あたしがぶっ飛ばすよ！」

リエルは立ち直り、腕をぐるぐる回して意気込みを見せた。

「危ないことしてほしくないんだけどね」

アイリはついそんなことを言ってしまう。

リエルの実力と才能の方向性を考えれば、愚かだとは思っていても。

「えへへ、お姉ちゃんに心配されるのはとてもうれしい！」

リエルはニコニコというよりデレデレしている。

「ことあるごとにいちゃつくなんて、余裕があるな」

批判かとアイリは一瞬思ったが、オベロンの表情からして褒めたらしい。

「兄上、私もやってみせましょうか？」

「気持ち悪いからやめろ」

ティターニアの悪ふざけをオベロンは真顔で一蹴する。

アイリが見るかぎり仲は悪くないようだが、別の話なのだろう。

「次は運動場に行くほうがいいのかな？」

とアイリは三人に意見を聞いてみた。

「大きい場所のほうがいいと思う！　やばそう！」

リエルが右手を挙げて発言する。

「たしかに」

アイリも同じ考えだった。

「先に潰しておくのは賛成だな」

「大がかりな術式があるかもですね」

オベロンとティターニアにも異論はないようだ。

「ジュディスさんたちは大丈夫かな……？」

舗装された道の上を歩きながらアイリが心配すると、

「今のところ異変はないようです」

　ティターニアが即答する。

「何か変な気もするね」

　とアイリはつぶやく。

「お姉ちゃん、どういうこと？」

　リエルがきょとんとする。

「敵の反応がここまで全然ないから……」

　アイリは理由が気になると告げた。

「設置型なので、敷地内にいないかぎり、気づかなくても不思議ではないですね」

　とティターニアが答える。

「その場合、犯人探しが面倒だぜ？」

　というオベロンの言葉にアイリは憂鬱になった。

「どうしよう……？」

「まずはやってみればいいと思うよ、お姉ちゃん」

　リエルが明るく姉の闇を吹き飛ばす。

「だめだとしても国の責任だから！　お姉ちゃんは悪くないもん」

「えええ……」

アイリは若干引いてしまったが、

「気づいたのもアイリ、調べて対処してるのもアイリだからな」

とオベロンがリエルの肩を持つ。

「いや、ジュディスさんたちもいるからね？」

アイリがすかさず言い返す。

「アイリのことだから、あちらが本命と思っているでしょうけど、実際は我々がいるほうが本命ですよ？」

ティターニアが彼女の勘違いを指摘する。

「えええっ？」

ジュディスが本気だと思っていなかったアイリは大きな声を出す。

「そう言えば、アイリは私たちが戦っているところを見たことないのでしたか」

ティターニアが忘れていた、と手を叩く。

「じゃあカッコイイところ見せなきゃな」

とオベロンがニヤッと笑う。

「あたしも頑張るからね、お姉ちゃん！」

リエルも負けじと意気込むので、

「安全第一でね？」

とアイリは答えた。

「もちろん。お姉ちゃんの安全が最優先だよ」

リエルは笑顔で即答する。

「いや、そうじゃなくて……」

アイリは反論しかけたが、堂々巡りになると思って止めた。

運動場へ歩いていくと、何人かの学生たちが庭で話している姿を見る。

「リエル、あれは？」

「ディベートだと思うよ」

リエルの返事にアイリはびっくりした。

「そんなものをやってるの？」

「あたしも驚いたけど、何回か経験したから」

とリエルは話す。

「リエルはどんなこと話したの？」

興味にかられてアイリは問う。

「魔法実践論だった。あたしには難しかった」

リエルはふてくされて口をとがらせる。

「あなた感覚派で、言語化は苦手だものね」

とアイリは苦笑した。

「ぶーぶー。全敗なのは納得いかない」

とリエルはふくれっ面をする。

「全敗ってすごいわね」

アイリは妹を負かしたという相手を褒めたのだ。

「け、経験の差だし」

それが不満だったのか、リエルは一転して言い訳をはじめる。

姉が自分に勝った相手に感心したのが気に入らないらしい。

「アイリ」

ティターニアが急に鋭い声を出す。

ほとんど同時にオベロンが前に出て、リエルがアイリの前に立つ。

突然の緊迫感にアイリの頭が冷えた。

「……敵が出たの？」

自分が気づけないなら悪魔じゃないのだろうか。

「その予兆だな」

とオベロンが答える。

「運動場に急いだほうがよさそうですね」

とティターニアが言う。

オベロンが先頭に立ち、ティターニア、アイリ、リエルという順になる。

「ごめんね」

アイリは息を切らせながら妹に謝った。

道を知ってる彼女が最後尾なのは、自分のためだと知っているから。

「いいよ！」

リエルはきれいな笑顔で応じる。

姉と違って平然としていて、体力の違いをアイリは感じた。

運動場が見えてくると、悲鳴や喧騒(けんそう)が聞こえてくる。

「すでに動き出していたようですね」

とティターニアは言った。

「い、急がなきゃ」

と言うアイリが苦悶の表情になる。

「無理しないで、お姉ちゃん」

とリエルが心配そうに声をかけた。

「兄上！」

「任せろ」

ティターニアが呼びかけるとオベロンが加速する。

運動場に彼が駆けつけたとき、すでに学生たちが男女問わず倒れていた。

全員の表情が苦痛でゆがみ、喉か胸を押さえている。

「ちっ」

オベロンは舌打ちし、すばやく周囲を観察して、状況を把握しようと努めた。

アイリはヘロヘロになって何とか到着する。

肩で息をして、すぐには事件に意識が向かない。

「サーナ」

ティターニアが彼女の頰にキスをして何か唱えると、みるみるうちに疲労が回復していき、息も整う。

「今のは……」

アイリが顔をあげるとティターニアは微笑み、

「他の人間にはないしょですよ」

と言った。

「う、うん」

「今のすごい高度なやつだったよ、お姉ちゃん」

リエルは小声でアイリに説明する。

（ジュディスさんにも秘密ってことだよね）

それだけ特別だったのかな、とアイリは思う。

「それよりも敵性存在のことですが……」

「うん、わたしにも感じ取れる」

ティターニアの問いかけにアイリはうなずく。

運動場の中心に黒い霧が集まって、巨大化している。

大量の魚卵が固まったような醜悪な外見だ。

「あれは悪魔じゃないね。悪霊かな？」

とアイリが言うと、

「ええ。さすがですね」

ティターニアが褒める。

「あいつは『トロイアフォビアス』と呼ばれる奴だ」

オベロンが忌々しそうな顔で告げた。

「トロイア……？」

知らない名前だったのでアイリが聞き返す。

「人間の邪念、怨念が集まったもの。生霊、死霊を問わずに、です」

とティターニアが兄を差し置いて答える。

「俺らが潰してきた黒いやつ、悪魔憑きを発生しやすくするだけじゃなくて、ああいう怪物を生み出す仕掛けも施してあったのさ」

オベロンが言ってから舌打ちした。

「だからわたしに触るなと言ったのね」

「ええ。アイリが触れたらおそろしい被害を受けていたでしょう」

というティターニアの説明に納得する。

「だってあれ、学園の生徒だもんね」

アイリの眼前で苦しんでいるのは、彼女よりもずっと魔法使いとして優れた者たちに違いない。

（彼らがあんなに苦しむなら……）

自分ならもっとひどいだろう。

「わたしが倒そうか？」

とリエルが手を挙げて立候補する。

「妖精たちはあんまり目立てないでしょ」

彼女が口にした配慮に全員理解を示す。

「そうね。リエル、お願いできる？」

とアイリが頼む。

「まっかせて、お姉ちゃん！」

リエルはうれしそうに答えて大いに張り切る。

それを見た妖精兄妹はアイリの背後に下がった。

「一応聞くけど、悪霊や思念体相手に戦えるのか？」

オベロンがアイリに問う。

「ええ。あの子が苦手な相手はほとんどいないと思う」

少なくともアイリはそう考えていた。

「君のほうがずっと素敵だよ」

オベロンが甘く言うのをスルーして、アイリは妹を見守る。

「どうしよっかなー。倒すだけならいけそうなんだけどなー」

そのリエルはうなりながら無防備に距離を詰めていく。

彼女の視線の先には苦しんでいる学生たちがいる。

正確には彼らへ伸びている黒い触手のようなものだ。

「たぶん、苦痛を与えつつ、魔力を吸い取ってるんだよね」

リエルの観察眼が正しければ、魔力を全部吸われた生徒は気絶していて、まだ吸われている生徒が苦しんでいる。

全員まだ息があるのが幸いだ。

「ま、殺しちゃったらそれ以上魔力を吸えないからっぽいけど」

リエルがつぶやいたとき、『トロイアフォビアス』は彼女に気づく。

燃えるような赤い目玉がぎょろっと動き、彼女の姿を捉える。

「不気味だなぁ……」

リエルは緊張感がない感想をこぼす。

「グガガ」

低くしわがれた声というよりは、音を放つ。

「呪いがこもってそうだね。わたしには効かないけど」

リエルは余裕たっぷりに応じる。

実際、彼女は呪いや怨念のたぐいにはかなり強い。

「伊達にお姉ちゃんの妹じゃないもん」

『トロイアフォビアス』に理解できるはずがないことを言って、

「――シュトラール」

リエルは光の刃を飛ばす魔法を発動させる。

生徒へと伸びている黒い触手のようなものを一度に五十ほど切断した。

だが、しかし。

「わあ、すぐ再生するパターンか。面倒だなぁ」

触手は何事もなかったかのように元通りになり、リエルは顔をしかめる。

どうやら先に本体を叩く必要があるらしい。

「よぉし、お姉ちゃんにいいところ見せるぞ」

リエルは意気込みを小さな声で言った。

『トロイアフォビアス』は新しく触手を生やし、そんな彼女に向かって伸ばしてくる。

「気持ち悪いなあ」

リエルはいやそうに顔をしかめ、

「――シュトラール」

光の刃ですべての触手を切り飛ばす。

だが、すぐに再生されてしまう。

「消耗戦狙いかな？　それともザコなだけ？」

リエルはどっちか判断つけられず迷う。

「――シュトローム」

光の奔流がリエルの右手から生まれ、『トロイアフォビアス』を飲み込む。

ぼろぼろになった霊体は、サイズを小さくして元通りになる。

「再生力特化のザコっぽいなぁ」

とリエルは判断して、決めにかかる。

「――シュトラール・シュトローム」

光の刃が無数の嵐のように『トロイアフォビアス』を切り刻み、最後に光が包み込む。

『トロイアフォビアス』は力を失ったのか、ぼろぼろになったまま、無数の塵（ちり）へと変わって消える。

リエルは無表情で見届けたあと、笑顔になってアイリの下へダッシュで戻った。

「お姉ちゃん、見てくれた⁉」

「助けるのが先！」

アイリが大きな声で言って、倒れている学生たちのところへ、小走りで寄っていく。

「……てへ」

リエルのごまかしは、意識のある一部の学生だけが聞いていた。

# 第九話　現れた大悪魔

アイリたちは応急手当てをおこない、意識のあった学生たちに事情を聴く。

「運動場で魔法のトレーニングをしていたら、いきなり黒い霧に包まれた」

「応戦したけど、魔法が全然効かなかった」

「縄みたいな腕に捕まったら意識を失った」

証言をまとめた結果だった。

「リエルちゃんの魔法は効いてたな。さすがよね」

という言葉はこの際無視してもいいだろう。

「どう思う？」

アイリはみんなに意見を聞く。

「その前にひとつ仕事をしておこう」

オベロンは言うと、ティターニアとともに運動場の隅に植えられた大きな木の陰へと飛んでいった。

彼らが戻ってきたとき、合わせて八本の黒い針を持っていた。

「やっぱりありましたね」

妖精兄妹はアイリの前で握り潰す。

アイリがうなずいたとき、リエルの表情がこわばる。

「お姉ちゃん、ジュディス様たちの魔力が消えたよ」

「えっ……？」

アイリの頭がショックで真っ白になった。

「たしかに今さっき消えたな」

オベロンが同意する。

「落ち着いてください、アイリ。大きな戦闘や破壊音は感じ取れませんでした。おそらく空間転移か、隔離かのどちらかと思われます」

真っ青になったアイリの手を握り、ティターニアが優しく言って聞かせた。

「話に出たように黒幕が動き出したのかな？」

とアイリはやや落ち着いて言う。

「だと思うし、今から救援に行けば間に合うよ、お姉ちゃん！」

リエルは直接的に励ます。

「そ、そうだね。でもどうやって？」

アイリは何とか落ち着きを取り戻すが、すぐに疑問がわく。

「現場に行けば手がかりはあるだろう」

「行かないと判断ができません」

妖精兄妹の言い分はもっともだとアイリは思う。

「えっ、でも……」

アイリはちらりとまだ意識のない生徒たちを見る。

一命はとりとめたが、放置するのはよくない。

「じゃあ、わたしがここに残るよ、お姉ちゃん」

姉の心境を察したリエルが申し出る。

「わたしなら学園のどこに何があるかわかるし、知り合いもいるし、手当くらいできるから」

「たしかに」

それが一番妥当だとアイリも思う。

「気をつけてね」

「うん、お姉ちゃんも」

姉妹の会話が終わったところで、リエルが妖精たちを見る。

「ちゃんと守ってよね」

「言われなくてもそのつもりさ」

オベロンは真顔で答えた。

「兄上だけならまだしも、私もいるのでご安心を」

「ティターニアが頼りだね」

そう言って彼女たちは笑い合う。

「妹」同士だからというわけでもないだろうが、息が合うらしい。

アイリには興味深く思える。

「アイリ、こっちだ」

オベロンが先頭に立って彼女を導く。

ティターニアは彼女の横に立って敵に備える。

廊下を渡り、建物を曲がっているうちに、アイリは違和感を抱く。

（人の声が聞こえない？）

騒がしかったわけじゃないが、話し声程度は聞こえていた。

「ティターニア、もしかして、ジュディスさんたち、以外も？」

アイリは息を切らせながら必死に問いかける。

「おそらくこっちに残ったものと、ジュディスたちを消したものがいますね」

ティターニアの答えになるほどと思う。

「連戦か。こっちに俺たちがいるのは誤算かもな」

オベロンが不敵に笑った。

「こっちの戦力はたしかに想定できてないかも」

とアイリも言う。

妖精兄妹はとても心強い。

『保健室』を意味するプレートがかけられた部屋にたどり着き、ティターニアがアイリを抱えて後方に跳躍する。

直後、アイリがいた場所に黒いシミが生まれ、渦のような模様が広がっていく。

「怨念の汚染ですね」

とティターニアが看破する。

「悪魔を呼んで憑かせるとばかり思っていたが……」

オベロンが忌々しそうな顔で舌打ちをした。

「あくまでも結果的にそういう効果も発生しただけなのかもな」

と言った理由はアイリにもわかる。

『保健室』のドアを破壊して、禍々しい気配を持った存在が姿を見せた。

アイリの背丈に匹敵する大剣を右手に持ち、金属の甲冑を着込んだ騎士みたい。

ただし、顔はガイコツで赤い二つの瞳は、生者への憎悪で染まっている。

「イキルモノめ」

たどたどしい言葉で、恨みを吐き出し、ガイコツ騎士は大剣をふるう。

「兄上！」

「わかっている」

オベロンは手をかざして、金色の壁を作り出す。

そしてそれは大剣の一撃を跳ね返した。

「ナニ？」

ガイコツ騎士はよほど自信があったのか、激しく動揺する。

「バカナ！」

再び大剣を振り下ろすが、金色の壁にもう一度跳ね返された。

「けっこう強いぞ、こいつ」

オベロンが言いながら壁を消すと同時に、

「ハスタ」

ティターニアが光の刃（やいば）を弾丸のように撃ち出す。

リエルの魔法に似ているが、より優美な動きでガイコツ騎士だけを集中的に打ち据える。

「グ、ガ、ガガ」

最初は大剣をふるって応戦しようとしたガイコツ騎士だったが、圧倒的な手数の前にすり潰され、体を破壊されてしまう。

「コ、コンナ強者ガイルトハ」

無念がにじむ言葉を残して、ガイコツ騎士は消滅する。

「悪いが人間や悪霊ごときに負けるつもりはない」

とオベロンが冷淡に言い放つ。

「倒すのに五秒かかったということは、かなりの猛者でしたね」

ティターニアは冷静に相手を評価する。

「こんなのが出てくるようだと、人間だと大変だな」

とオベロンの評価にアイリはぎくりとした。

（早くジュディスさんたちと合流したい……！）

という言葉をぎりぎりで飲み込む。

妖精たちに頼っているのだから、無理を求めるのは筋が違うと彼女は思うのだ。

「急ぎましょう、兄上」

そんな彼女の表情を見たティターニアが言う。

「もちろんだが、さっきのはただの兵隊だろ」

オベロンの言葉にティターニアはうなずく。

「ええ。人間たちの意識を奪ったものこそが本命でしょう」

彼女の言葉を聞いたアイリは、

（そっか。さっきのは騎士だから）

と納得する。

大剣を振り回す豪傑みたいな戦い方と、周囲に起こっている現象は明らかに食い違っている。

そんなことも気づかないほど、あせっていたのだと自覚した。

「どこにいるのかな？」

アイリにはわからないし、オベロンとティターニアも素敵にてこずっている。

ティターニアが不意にひらめいたという顔で、

「アイリ、試しに呼びかけてもらえませんか？」

と頼んだ。

「いくら何でも」

アイリは無理だろうと思いつつ、一応従う。

「姿を見せて！」

息をいっぱい吸って叫ぶと、目の前の空間が揺らぐ。

「何とも珍客がやってきたものだ。想定外にもほどがある」

現れたのはトカゲのような頭を持つ、服も肌も真っ黒な異形だった。

「ブネかよ。大物すぎるだろ」

舌打ちしたオベロンだけじゃなくて、ティターニアの顔も緊張にこわばる。

「想定した中では間違いなく最悪です」

とティターニアもこぼす。

「ブネってもしかして、七十二柱の大悪魔？」

まさかという思いを抑えきれず、アイリが言葉に出した。

「そのブネであってるぞ、矮小な人の子よ」

ブネと呼ばれた悪魔は歯をむき出しにして笑う。

そして緑の瞳を妖精兄妹に向ける。

「想定外の連続でイライラしたが、一気に取り返せたな。まさか妖精屈指の力を持つ貴様らが釣れるとは」

喜びの発言なのだろうが、アイリには獰猛(どうもう)な獣のうなり声に聞こえた。

「学園の人が召喚したってこと？」

アイリが疑問を口にする。

「人間はそのつもりだったが、実際は利用されただけだろう」

「正解だ」

オベロンの発言をブネはニタリと笑って肯定する。

その態度にアイリは不吉な予感を覚えた。

「惜しみなく情報を与えるってことは……」

「もちろん、貴様らを生かして返す気はない」

彼女の言葉もブネは肯定し、鋭く伸びた爪で後ろを示す。

「すでに貴様らの帰り道はなくなったぞ？」

あわててアイリが振り向くと、ドアは消えていて、かわりに大きな黒い渦が一面に広がっている。

「歓迎してやる。恐れおののき、泣き叫び、極上の糧になってくれ」

ブネは言ってから舌なめずりをした。

どうやら苦痛と恐怖を与えてなぶるのが嗜好らしい。

「この分だとジュディスたちはまだ生きてるかもですね」

とティターニアが小声でアイリにささやく。

「そ、そうかも」

ひと思いに殺さないのは悪趣味きわまりないが、ある意味で希望でもある。

「たしかに簡単には殺さない。若い女は特にな。だが、それがどうした？」

とブネは嘲笑う。

自分が負けることを微塵も考えてない表情だ。

「返り討ちにしてやろう」

「身の程を知りなさい、トカゲ」

その態度に妖精たちのやる気に火が点く。

「ぐははは、妖精を食らうのは久々だなあ？」

ブネは捕食者の顔になって笑う。

「アイリは私から離れないでください」

とティターニアが言った直後、オベロンが剣を空中から取り出して抜き、黄金の刀身があらわになる。

「ほう、妖精の剣か」

ブネから余裕の笑みが消えた。

「となると、貴様はロードクラスか」

「答える義理はないな！」

オベロンは高速で移動して切りつける。

ガキンと金属同士がぶつかり合う音が響く。

ブネは鋭い爪でオベロンの剣を受け止めたのだ。

「インベル」

そこにティターニアが呪文を唱える。

雨粒のような水滴がブネの周囲に大量に現れて、豪雨のように激しくブネの体を貫く。

「うおっ⁉」

目や鼻に痛烈な衝撃を受けて、ブネがたじろいたところをオベロンの剣が、首を斬り裂いた。

「やった！」

アイリは手を叩いて喜ぶ。

オベロンの意外な武勇、ティターニアの巧みな支援がブネに勝ったのだ。

「……大悪魔にしては弱いな」

「同感です」

ところが、妖精たちの反応は悪い。

「こっちに来たばかりだったから、じゃなくて？」

アイリは首をかしげる。

強力な悪魔はこちらの世界に簡単に来れないうえに、来たばかりでは力のほとんどが失われている。

神々の力を借りた契約でそうなっていると、アイリはサーラから教わった。

ブネという高名で強大な悪魔だからと言って、例外でいられるとは思えない。

「最初は私も同じ考えでしたが、ブネと同質の気配はまだ消えてませんね」

とティターニアが指摘する。

「さっきのは分身か何かだったのかもな」

オベロンが仮説を立てた。

彼らが言うようにアイリを覆う異質な気配はまだ残っている。

「問題はジュディスたちがどこにいるかですね」

とティターニアは言う。

アイリも同感で、だから必死に目を凝らし、頭を働かせる。

すると部屋の中央あたりに、わずかに裂け目があるように感じられた。

「これは？」

アイリが手を伸ばしてみると、右肘より先が消える。

「アイリ！」

ティターニアがあわてて彼女を制止する。

「無防備な行動は慎んでいただかないと危険です」

「ご、ごめんなさい」

もっともな理由だったし、アイリだって狙ってやったわけじゃないので素直に謝った。

「だけどお手柄だな」

オベロンがにやりと笑う。

次の攻撃目標を見つけたのだ。

「目覚めかけなのかもしれませんね」

とティターニアがアイリを見ながら言う。

アイリに意味はわからないが、

「ジュディスさんたちを助けられるチャンスでは？」

と問いかけた。

「そうですね。アイリには残っていてほしいのが本音ですが」

ためらいを見せるティターニアに対して、

「い、行くよ」

アイリは迷わず即答する。

声は震えてしまったが。

「なら行くか。俺が守るさ！」

オベロンは張り切るが、ティターニアは冷静だった。

「ジュディスたちを助け次第、こちらに逃げ出してもらえると助かります」

「うん、足手まといだもんね」

アイリは自覚してるので素直にうなずく。

「妹よ、入るのはいいが、出られない空間である可能性は考慮してるのか？」

オベロンがティターニアに真顔を向ける。

「もちろんしてますよ。可能なら、の話です」

「ならいい」

妖精兄妹の話が終わるのを待って、アイリは彼らに言った。

「誰から入る？」

「当然俺だ」

オベロンが答える。

「私は接近戦が苦手ですから、兄に任せます」

とティターニアも言う。

彼らはうなずきあい、オベロン、アイリ、ティターニアの順番に飛び込む。

そこはアイリから見て奇妙な空間だった。

黒い床、壁、柱に青白い天井が広がっていて、何人もの生徒たちに加えて、教師たちも倒れている。

「アイリさん⁉」

声の先にはジュディスとクロエがいた。

二人とも衣服のあちこちが切られていて、肌があらわになっている上に、切り傷も痛々しい。

特にクロエはジュディスをかばっていたらしく、同性のアイリすら目のやり場に困るほど布の面積が減っている。

「客が増えたか」

離れた位置から低いうなるような声を発したのはブネだ。

しかし、ブネが着ているのは学園の男子生徒の服である。

服を奪ったのだろうか、とアイリが思っていると、

「なるほど、召喚した悪魔に肉体を乗っ取られたのか」

とオベロンが舌打ちする。

「その通りだ。吾輩の分け身をあっさり倒したことと言い、貴様とその女妖精はロードクラスだな？」

話すブネは面白がってる口調だった。

どうやら分け身との間ではすべての情報を共有しているわけじゃないらしい。

「ロードクラス。やっぱりね」

妖精兄妹が返事するより先に、ジュディスが納得したとつぶやく。

「本体のお前もあっさり倒したいところだが」

オベロンは言ったが自分でも説得力があると思っていない様子だった。

「ふっ。分け身ごときと本体の力を一緒にするほど、ロードクラスは愚かではあるまい？」

ブネは余裕の表情で話しかける。

その通りだったのでオベロンは黙ってしまう。

分け身の力を一と仮定した場合、目の前にいる本体の力は軽く百を超えている。

二百はないと思いたいところだ。

彼らが言葉のやりとりをしている間に、アイリとティターニアはジュディスたちと合流する。

「ご無事でよかったです」

アイリがうれしそうに話しかけると、

「そうでもない。あいつが女をじわじわいたぶる趣味の持ち主じゃなかったら、わたしたちはとっくに殺されている」

クロエがとても悔しそうに答えて唇をかむ。

「クロエさん……」

アイリにはかける言葉が見つからない。

交流した時間は短いものの、彼女の責任感の強さ、ジュディスに対する愛情は充分知っている。

「あなたたちに聞きたいけど、ジュディス様を逃がすのは可能？」

とクロエは言うと、

「何を言うの！　あなたも帰るのよ！」

いつも柔和で優美だったジュディスの表情が変わった。

クロエは冷静な表情で首を横に振る。

「ブネはあまりにも強すぎます。妖精のロードクラスが救援に来ても、結果が変わるとは思えません」

ジュディスの表情が悲痛に歪む。

「ブネを呼べるなんて、この学園の生徒はさすがエリートですね」

アイリは空気を何とかしたくて、考えをそのままを口にする。

「そんなわけないわ。あんな大物、私だって呼べないもの。何か特別な仕掛けがあるはず」

ジュディスは苦笑気味に否定したが、空気は少し和らぐ。

剣を抜いたオベロンとブネがぶつかり合う。

先ほどとは違って、オベロンのほうが劣勢になっていた。

ティターニアが魔法で援護するが、状況は変わらない。

「分け身には簡単に勝ってたのに……」

アイリが悔しそうにつぶやく。

「本体の強さは別格ということね」

ジュディスは言ってから、普段持ち歩いている茶色の杖をしまい、代わりに純白の杖を取り出す。

「ジュディス様」

クロエが珍しくはっきりと動揺した。

「私も戦うときが来たのよ。アイリさんたちが来てくれたおかげで、ブネの意識が戦えない人たちから逸れたわ」

とジュディスが言って、アイリを見た。

「アイリさん、可能ならあなたは逃げてね」

「そ、そんな、わたしは逃げません！」

アイリはうつむいて、自分の肘をぎゅっと掴みながら答える。

何かできるわけじゃないけど、窮地のジュディスたちを見捨てるなんてできない。

「そう」

ジュディスはどこか哀しげに微笑み、クロエの前に出た。

「妖精たちよ、加勢します！」

力強く叫ぶ。

「邪魔しなきゃいいけどな」

オベロンはブネに弾き飛ばされたあと、体勢を立て直しながら辛らつに言う。

彼の悪態は簡単には変わらないようだ。

「人間の女がひとり増えたところで、何ができる？」

ブネは揶揄するような目をジュディスに向ける。

「――ベネディクト」

ジュディスが呪文を唱えると自身に加え、オベロンとティターニアの体を光が包む。

「これは支援魔法か！」

「それも前衛にも後衛にも恩恵があるもの」

妖精兄妹は驚愕を隠せない。

「妖精に支援魔法？　人間が？」

ブネに初めて困惑と驚きの感情が生まれる。

そこへティターニアが十二の光弾を撃ち込む。

「私への支援など普通は邪魔なのですが、これはいいですね」

と彼女は褒める。

「たしかに体が軽い。動きやすいぜ」

オベロンが斬りつけると、ブネと互角に斬り結ぶ。

「すごい。妖精に有効な支援をかけられるなんて」

アイリも驚きを隠せない。

妖精は強大な魔力を宿す存在なので、生半可な魔法では効果がないのだ。

少なくとも彼女が知るかぎり、リエルだって非常に難しいだろう。

「ジュディス様を治癒特化型だと思ってたなら甘いよ」

とクロエが笑う。

彼女は落ち着きを取り戻している。

ブネが反撃で黒弾を発射すると、

「──パピオン」

ジュディスが呪文を唱えて相殺した。

「──ブラキウム」

そして次の呪文でブネの足下に、白い腕が生えてその足を払う。

「ちいっ！　小癪（こしゃく）な！」

ブネのバランスが崩れたところをオベロンが斬りつけ、さらにティターニアの光弾が十三ほどさく裂する。

「ジュディスさんは戦況を動かすのがお上手ですね」

アイリは一応サーラとリエルを近くで見てきたので、ジュディスがやっていることを何となく理解できた。

「ジュディス様は学園で歴代最優と謳われた方だから」

クロエはどこか誇らしげに話す。

「やってくれるじゃないか」

ブネが怒りのうなり声をあげる。

光弾をまともに食らったはずなのに、学生服がボロボロになった以外、ダメージはほとんどないようだ。

「さすがに頑丈ですね。大技を当てるしかなさそうです」

と言ったティターニアに落胆は見られない。

「大技でも単発じゃ無理だと思うぞ」

オベロンが妹の考えに修正を加えた。

彼らは伝説の大悪魔の一角を簡単に倒せるはずがないと理解している。

「妖精と人間風情が生意気な……！」

ブネはプライドを傷つけられ、怒りの咆哮をあげた。

「──フーニス」

ジュディスの唱えた呪文で白い縄が生まれ、ブネの体を締め上げる。

「こざかしい！」

ブネが禍々しい魔力を放つだけで縄は砕け散ったが、隙が生まれた。

そこにつけ込もうとオベロンが喉を狙って突きをくり出す。

それをブネはかわし、

「馬鹿め！」

嘲って口から真っ黒のブレスを吐く。

「──スクトゥム」

オベロンに襲い掛かった黒い奔流は、ジュディスの盾が阻む。

壊されたところでティターニアの防御壁の展開が間に合い、オベロンは助かる。

「ちぃ」

ブネは忌々しそうにジュディスを睨みつけた。

「やりますね」

とティターニアがジュディスを評価する。

「私は支援に徹すると決めてますので」

ジュディスは微笑みながら答えた。

彼女はティターニアの反応がひと呼吸遅れたのは、攻撃するか防御するか迷った結果だと気づいている。

「ジュディスさんってすごい」

アイリは尊敬のまなざしを彼女の背中に送った。

学園歴代最優という評価は伊達じゃないと思う。

「いいだろう！　遊びはここまでだ！」

ブネの瞳が憤怒で燃え上がり、禍々しい魔力が急激に膨れ上がる。

異空間が軋み、景色がゆがみ出す。

「ひっ」

そのすさまじさにアイリは怯えて体が動かない。

「やっぱり力を温存していたか」

「正念場は今からですね」

予想していた妖精兄妹は動揺しなかった。

ブネは口に魔力を集約し、激しく燃える焔(ほのお)の嵐を吐き出す。

——黒焔息(プロミネンス)。

「くっ」

オベロンは回避し、ティターニアはブレス攻撃の射線を意識して、光の壁を展開する。

黒い焔と光の壁のせめぎあいは、数秒のことで壁は砕けてしまう。

ティターニアはひらりとかわし、ジュディスも避けた。

「まずい」

クロエはアイリに当たると判断し、彼女を抱えて横に飛ぶ。

動作が遅れたせいで二人の体の一部を黒い焔がかすめた。

「ぐうう」

怒り、憎しみ、怨念、といった負の力を凝縮したような力に、二人の体が激痛にさいなまれる。

「ふん、まずは二匹か」

ブネはつまらなそうに言う。

事実上戦力外だった二人に当たっただけだからだろう。

だが、ティターニアとオベロンの表情は、ブネの想定したものと逆だった。

「こちらの勝利条件を満たしてくれるなんて親切ですね」

「ああ？」

ブネにはティターニアが言った意味が理解できない。

クロエは立ち上がってアイリに問う。

「大丈夫？」

返事はない。

アイリの瞳からは理性の光が消えていた。

彼女の口から現代の人類が使ってない言語がこぼれる。

「アロ・ウーラ・アロ」

「神代言語（ヒエラティック）だと!?　人間風情が!?」

ブネは驚愕して叫ぶ。

「何を呼ぶ気だ？　この時代、神代言語（ヒエラティック）を解する者がいるのか？」

次に怪訝（けげん）な顔になる。

「もしかしてブネは、今のアイリが何を言ってるのか、理解できてるのか!?」

「さすが創造の御世（みよ）より生きると言われる大悪魔、と言うべきでしょうか」

その様子を見て妖精兄妹は息を呑（の）む。

直後、ブネが生み出した空間が大きく揺れ、穴が開いてひとつの影が侵入してきた。

「クロ……」

ティターニアとオベロンが同時にその正体を呼ぶ。

「手に負えない相手なら、さっさと我を呼ぶように伝えろ。マヌケども」

クロは彼らに向けて呆れた顔を見せる。

「うう……」

正論に妖精兄妹たちは言い返せない。

この空間から助けを呼べるのか、せめて一度はたしかめるべきだった。

「何だ？　お前は何だ？」

クロを見たブネの瞳と声には恐怖が宿っている。

ひと目で妖精のことも見抜いた大悪魔は、クロがとんでもなく強大な存在だと気づく。

「ふん、誰かと思えばバアルの手先か」

クロは侮蔑を含んだ声を放ち、無防備に近寄る。

「⁉　ま、まさか、この地獄をも飲み込みそうな禍々しい力は……！」

クロはブネが反応できないスピードで、頭を鷲摑みする。

「ク、クロウ・クルワッハ！　貴様は神々が総力をあげて封じたはず！」

ブネは悲鳴に近い叫びをあげて、黒焔息を吐く。

黒い劫火（ごうか）は彼を摑（つか）むクロの右手に触れるとあっさり霧散してしまう。

「何かしたか、虫けら？」

「ひぃいぃいぃい！」

クロが興味なさそうに問いかけ、ブネは震え上がった。

力の差が絶対的すぎる。

「このまま倒しても地獄に送還されるだけだからな。貴様の幽体を滅ぼしてやろう。そうすれば千年は何もできまい？」

クロは嗜虐（しぎゃく）的な笑みを浮かべる。

「幽体を滅ぼされたら、死んでしまう！」

ブネは必死にわめく。

「そうだったか？」

クロがどうでもよさそうに応じ、力を込めはじめるとブネの顔に指がめり込む。

「エルロ・アロ・セプレ・ナエレ」

そこにアイリが神代言語（ヒエラティック）で話しかける。

「ふむ？　憑依（ひょうい）された人間は助けろと？　仕方ないな」

クロの全身から赤い光が迸（ほとばし）った。

クロは右手でブネの顔を持ち、左手を彼の体内に突き刺す。

そして紙を破るような手軽さで、男子生徒に憑依していたブネを引きはがした。

「幽体乖離（アストラルオペレーション）かよ」

妖精兄妹はクロがさらっと見せた神代の御業（みわざ）に感嘆する。

「通常行動でやれるのが、クロの恐ろしいところですね」

「ぐぐ」

幽体を引きずり出されたブネは、相変わらずクロの右手に掴まれたままだ。

「神代言語を話し、クロウ・クルワッハに指示を出す？　まさか、あの小娘はっ」

「では復活できたらいいな」

「ま、待て。たのっ」

ブネの命乞いを聞かず、クロは口から黄金のブレスを吐いて消滅させる。

それを見届けたアイリは意識を失って倒れ込んだので、ジュディスがあわてて支えた。

「……アイリさんはいったい何者なのでしょう？」

ジュディスのそばに寄ったクロエが不安そうに問う。

「いい子じゃない。意識を失ってもブネに憑（つ）かれた子の心配するなんて」

とジュディスは微笑む。

アイリの発言がなければ、クロは生徒ごとブネを滅ぼしていた。

大事なのはそこだと彼女は思う。

「たしかに」

クロエは納得する。

「ところでクロウ・クルワッハというのは本当なの？」

ジュディスは問いかけた。

彼女にしてみればこっちのほうが大問題である。

「終末の邪龍。この世のすべてを滅ぼすもの」

クロエも自身が知る呼ばれ方を並べて、

「封印の強化に成功したから心配いらない、とのことでしたが」

と言った。

「ふん。答える義理はないな」

クロは鼻で笑う。

「アイリの安全にも関わるので、真面目な回答をお願いします」

ティターニアが苦言を呈する。

「むっ」

クロは盲点だったとうなり、

「アイリの頼みなら聞いてやってもいい。大切に扱うことだ」

と話す。

「そ、そう」

クロエは冷や汗をかきながら答える。

「クロウ・クルワッハを従えるなんてすごいわね」

とジュディスはつぶやく。

みんなの視線がアイリに集中したところで、空間が音を立てて崩れ出す。

ブネが滅んだので存続できなくなったのだ。

「脱出しないとまずいです！」

とクロエが声を荒らげる。

「全員かばえるかしら」

ジュディスは計算して、今の自分たちでは無理だという、残酷な答えにたどり着く。

二人の顔が真っ青になったところで、

「我に任せておけ」

とクロが言った。

クロが手を叩くと、空間の中にいる全員が光で包まれる。

まとめて空間の外、広い運動場に移動していた。

「て、転移魔法……」

「伝説と言われる現象が次々と」

クロエとジュディスはクロの力に震撼する。

ひとつでも神の奇跡レベル、と言われる事象をまるで息を吸うように連発しているのだ。

「すごく気前がいいな」

とオベロンが感心すると、

「貴様らが役立たずだからだ」

クロは容赦なく切り返す。

「面目ありません」

自覚のあるティターニアがしゅんとする。

「とりあえず後始末は貴様らで何とかしておけよ」

と言ってクロは姿を消す。

彼女の正体が広がると王都がパニックになるのは必至だからだ。

「妥当な判断ね」

それを理解したジュディスは感心する。

アイリに対する配慮かもしれないが、人の社会に理解がありそうだ。

「あれ……外？」

意識を取り戻したアイリがきょとんとする。

「覚えてないの？」

クロエが介抱しようと近づいて、話しかけた。

「えっと、異空間の中に飛び込んで、ブネという悪魔と対峙したところまでなら……」

アイリは眉を寄せて必死に自分の記憶を探る。

「そう。あなたのおかげで勝てたわ」

とジュディスが笑顔で話しかけた。

「ふええっ？」

アイリはスットンキョーな声をあげる。

何がどうしてそうなったのかわからない。

「アイリのおかげは本当だよ。助かった」

とオベロンが言うので、アイリはティターニアを見る。

「覚えてないみたいですが、あなたがクロを呼んだので逆転勝ちです」

「あ、なるほど？」

経緯はともかく、クロが来たから勝ったというのはアイリに理解できた。

# エピローグ
Epilogue

取り調べの顚末を、アイリはジュディスの診療所で教えてもらう。

「結局あの黒いやつって、具体的にはどんな効果があったんですか？」

「検証した結果、設置されると少しずつ魔力を吸い込み、代わりに微弱な瘴気を生み出すアイテムみたいね」

とレティがアイリの問いに答える。

瘴気は魔界の空気であり、悪魔も纏う、人間にとって害となる存在だとは、アイリも知っていた。

「すぐに気づかれないようにじわじわ瘴気を発生させることで、王都は悪魔が惹かれやすい環境になりつつあったのよ」

デボラは悔しそうに語る。

「人間の感知を阻害する高度な魔法がかかっていたわ。アイリさんが来てくれなければ、危なかったわね」

レティは言って改めてアイリに礼を言う。

阻害魔法が効かないオベロンとティターニアがいたからこそ、迅速に解決できたのだ。

「身分が低く成績も悪いからっていやがらせされていたみたい」

と話すレティの表情は複雑だった。

「だからと言って、不当な差別をしていいわけじゃないけど」

デボラは気づけなかったと悔しそうに言う。

「積もり積もったところに、復讐を持ち掛ける者がいたと?」

とクロエが二人にたずねる。

「はい」

レティがうなずくとアイリが首をひねった。

「でも、ひとりで全部できるんでしょうか？　いろんな場所に針や棒がさしてありましたけど」

「いやがらせをされていたと話したでしょう?」

レティに逆に問われてアイリは怪訝に思いながらうなずく。

「掃除のたぐいを全部押しつけられていたみたい。だからアイテムを仕込むチャンスはいくらでもあったのよ」

「あっ」

レティの説明にアイリは納得する。

「なぜ誰も気づかなかったの？」

クロエが呆れた顔で言った。

「短期間でやっていればさすがに気づきましたが、一年かけて分散していたので」

デボラが気まずい顔で話す。

説明のつもりでも言い訳に聞こえると思っているのだろう。

「いやがらせを隠すつもりだったのが、かえって復讐の手助けになったようです」

とレティが嘆息する。

「男子生徒はどうなりました？」

「退学よ、もちろん」

アイリの問いにレティは即答した。

息を呑んだ彼女に、

「ブネなんて大悪魔を呼べば、国が滅びかねないのだから、むしろ罪は軽いわ」

とジュディスが優しく言う。

「そこまで追い詰めるほどのいやがらせがあり、しかも学園側が見落としていたとなると」

レティの苦々しい説明にアイリも何となく気づく。

「都合が悪いからまとめて握り潰した？」

「正解」

とレティは褒めてくれたが、アイリはうれしくない。

(政治の世界ってこわい)

としか思えなかった。

ちらりと隣のリエルを見ると、ものすごく退屈そうな顔で沈黙している。

「いやがらせしていたという加害者は？」

ジュディスが珍しく鋭い口調で問う。

「二年の風紀委員、美化委員といった生徒会の役職についてました」

レティが苦い顔で答えた。

「幹部たちがトップの目の届かないところでやっていたと？」

クロエのまなざしは冷たい。

「そうなります」

とデボラが首をすくめて答える。

「委員長の身代わりにされている可能性は？」

とクロエが追及すると、

「それはなさそうだと、クロエさんの実家から報告があがっています」

レティがデボラをかばうように切り返す。

「なら信じてよさそうね」

とジュディスが応じる。

「彼らのことは実家に報告し、王家から抗議文を送らせてもらうわ」

レティの笑みがいつになく黒い。

親たちはさぞ真っ青になるだろう。

「それで、その男子にアイテムを売った奴はどうしたの？」

クロエが鋭くたずねる。

最も肝心な部分だ。

「そ、それが……」

レティとデボラが気まずい顔で言いよどむ。

「逃げ切られたのね」

と言ったジュディスの表情はさすがにけわしい。

「はい。騎士団が踏み込んだときにはもぬけのからだったそうです」

レティは恥ずかしそうに話してため息をつく。

「必要数が多いとはいえ、ブネを呼び出せるアイテムを扱う者を逃がすなんて……」

クロエは嘆く。

レティとデボラは肩身が狭そうにしながら聞いている。

「……これからどうなるんでしょう？」

とアイリは誰にともなく問う。

「普通にしていればいいと思うよ、お姉ちゃん！」

珍しく大人しくしていたリエルが、姉に抱き着いて言う。

「他に手はないよね。網をはってかかるまで待つしか」

とクロエが応じる。

「一応、貴族社会にそれとなく情報は流すけど、あなたたちは普段通りにしていて」

「は、はい」

アイリは釈然としない。

だけど、何の代案も思いつかなかった。

なら従うしかない。

「わたしもお手伝いする⁉」

とリエルが姉に言う。

「あなたがこっちに来たら普段通りにならないでしょ」

アイリは困った顔で却下する。

「はぁあい」

リエルは残念そうに引き下がる。

その日の夜、アイリは意外とあっさり眠れた。

自覚してないだけで、彼女にもたくましい部分はある。

朝起きて、早めに行けばすでにクロエは来ていた。

「早いですね」

「あんまり寝れなかった。悔しくて」

と言ってクロエは自嘲気味に笑う。

「アイリさんはどうだった？」

クロエと一緒にいたジュディスがいつもの優しい顔で話しかける。

「わたしは平気でした……」

何となく申し訳ない気持ちでアイリは答えた。

「じゃあ、今日も一日よろしくね」

「はい」

ジュディスに返事をして彼女たちは準備をおこなう。

そして鐘が鳴る。

「おはようございます」

ドアを開けて入ってきた患者にアイリは愛想笑いで話しかけた。

# あとがき

今回も『日陰魔女2』を手に取っていただきありがとうございます。

ネタバレにならない範疇で言うなら、今回も可愛い女の子たちをいろいろと出せて、作者としては満足しました。

お楽しみいただければ幸いです。

話は変わるのですが、先日は久しぶりに金沢を訪れました。

ご飯は美味しかったですし、天正時代に創業したというお店も残っていました。

「天正って安土桃山時代!?」と歴史を感じました。

知人におすすめされたお店のたこ焼きもとても美味しかったです。

金沢は海鮮のイメージが強かったのですが、能登豚も美味しいですね。

他にも美味しそうな和菓子の店などもあったのに、全部回れなかったのが悔やまれます。

次の機会があるなら、今回行けなかった場所にも行けたらいいなと思います。

最後になりますが、謝辞を。

担当K様、今回もお世話になりました。

そろそろ六年くらいのつき合いですね。

イラストレーターのタムラヨウ様、今回もとびきり素敵なイラストをありがとうございます。

とても眼福です。

それでは縁があればまたの機会にお会いできれば幸いです。

相野　仁

# 読者アンケート実施中!!

**ご回答いただいた方の中から抽選で毎月10名様に「図書カードNEXTネットギフト1000円分」をプレゼント!!**

URLもしくは二次元コードへアクセスしパスワードを入力してご回答ください。

https://kdq.jp/sneaker

**[パスワード：ws8ve]**

●注意事項

※当選者の発表は賞品の発送をもって代えさせていただきます。
※アンケートにご回答いただける期間は、対象商品の初版（第1刷）発行日より1年間です。
※アンケートプレゼントは、都合により予告なく中止または内容が変更されることがあります。
※一部対応していない機種があります。
※本アンケートに関連して発生する通信費はお客様のご負担になります。

---

## スニーカー文庫の最新情報はコチラ!

新刊 / コミカライズ / アニメ化 / キャンペーン

公式X（旧Twitter）

[@kadokawa sneaker]

公式LINE

[@kadokawa sneaker]

友達登録で特製LINEスタンプ風画像をプレゼント!

# 日陰魔女(ひかげまじょ)は気(き)づかない2
## ～魔法学園(まほうがくえん)に入学(にゅうがく)した天才妹(てんさいいもうと)が、姉(あね)はもっとすごいと言(い)いふらしていたなんて～

著　相野(あいの) 仁(じん)

角川スニーカー文庫　24220

2024年7月1日　初版発行

発行者　山下直久

発　行　株式会社KADOKAWA
〒102-8177 東京都千代田区富士見2-13-3
電話　0570-002-301（ナビダイヤル）

印刷所　株式会社暁印刷
製本所　本間製本株式会社





Printed in Japan　ISBN 978-4-04-114974-4　C0193



**★ご意見、ご感想をお送りください★**

〒102-8177 東京都千代田区富士見 2-13-3
株式会社KADOKAWA　角川スニーカー文庫編集部気付
「相野 仁」先生
「タムラヨウ」先生

# 角川文庫発刊に際して

角川源義

第二次世界大戦の敗北は、軍事力の敗北であった以上に、私たちの若い文化力の敗退であった。私たちの文化が戦争に対して如何に無力であり、単なるあだ花に過ぎなかったかを、私たちは身を以て体験し痛感した。西洋近代文化の摂取にとって、明治以後八十年の歳月は決して短かすぎたとは言えない。にもかかわらず、近代文化の伝統を確立し、自由な批判と柔軟な良識に富む文化層として自らを形成することに私たちは失敗して来た。そしてこれは、各層への文化の普及滲透を任務とする出版人の責任でもあった。

一九四五年以来、私たちは再び振出しに戻り、第一歩から踏み出すことを余儀なくされた。これは大きな不幸ではあるが、反面、これまでの混沌・未熟・歪曲の中にあった我が国の文化に秩序と確たる基礎を齎らすためには絶好の機会でもある。角川書店は、このような祖国の文化的危機にあたり、微力をも顧みず再建の礎石たるべき抱負と決意とをもって出発したが、ここに創立以来の念願を果すべく角川文庫を発刊する。これまで刊行されたあらゆる全集叢書文庫類の長所と短所とを検討し、古今東西の不朽の典籍を、良心的編集のもとに、廉価に、そして書架にふさわしい美本として、多くのひとびとに提供しようとする。しかし私たちは徒らに百科全書的な知識のジレッタントを作ることを目的とせず、あくまで祖国の文化に秩序と再建への道を示し、この文庫を角川書店の栄ある事業として、今後永久に継続発展せしめ、学芸と教養との殿堂として大成せんことを期したい。多くの読書子の愛情ある忠言と支持とによって、この希望と抱負とを完遂せしめられんことを願う。

一九四九年五月三日

勇者パーティーをクビに
なったので故郷に帰ったら、
メンバー全員がついてきたんだが
Yuusha Party wo KUBI ni
natta node Kokyou ni Kaettara,
MEMBER ZENIN ga
TSUITEKITA n daga
木の芽
イラスト 希
もう、みんなと結婚してハーレムライフ始めます
幼なじみの【勇者】レキからパーティーを追放され田舎に戻った【冒険者】ジン。しかし速攻で魔王を討伐し追ってきたパーティーメンバーに次々にプロポーズされてしまい!?異世界ハーレムスローライフ生活スタート!
スニーカー文庫

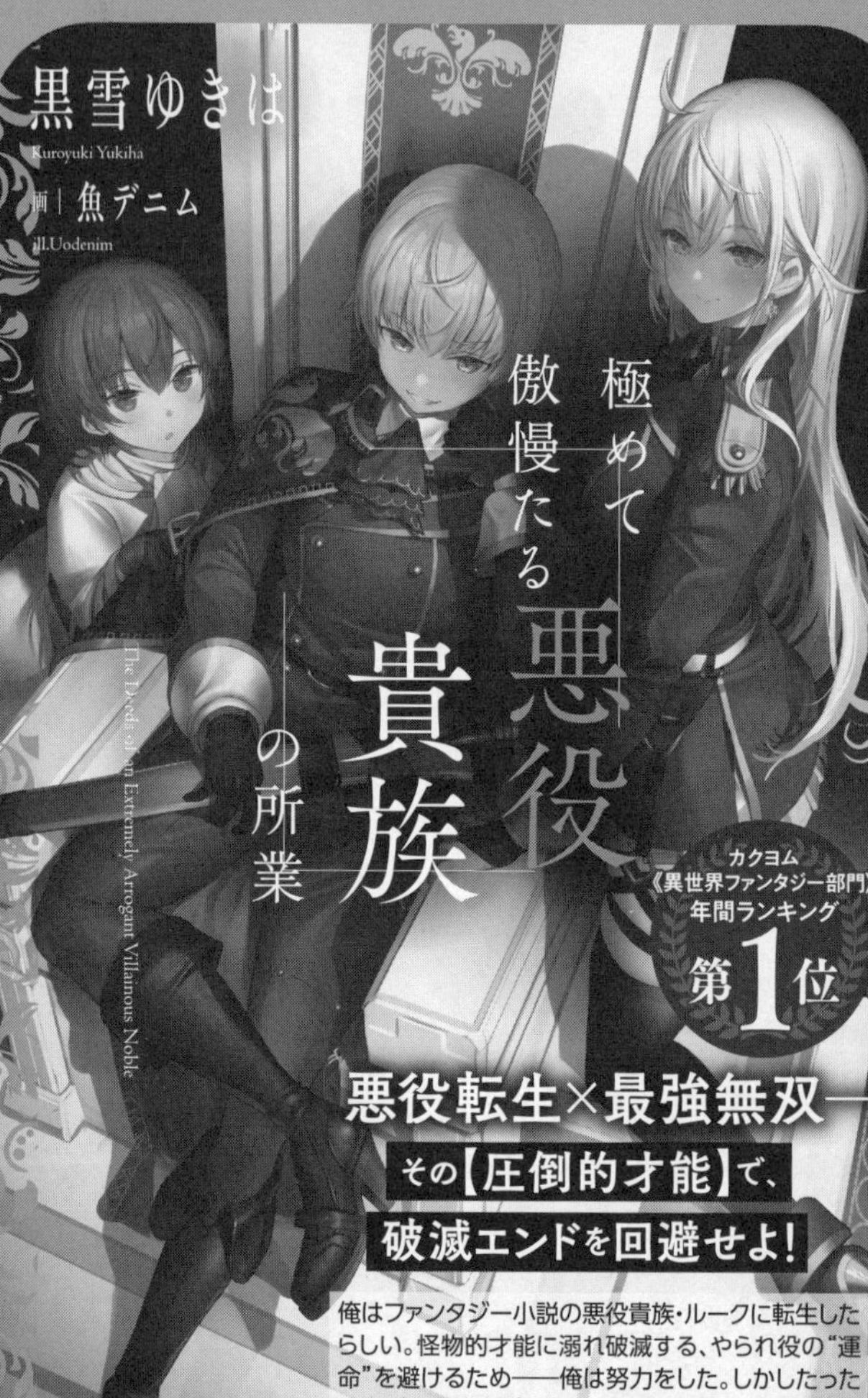
黒雪ゆきは
Kuroyuki Yukiha
画｜魚デニム
ill.Uodenim
極めて傲慢たる悪役貴族の所業
The Deeds of an Extremely Arrogant Villainous Noble
カクヨム
《異世界ファンタジー部門》
年間ランキング
第1位
悪役転生×最強無双──
その【圧倒的才能】で、
破滅エンドを回避せよ！
俺はファンタジー小説の悪役貴族・ルークに転生したらしい。怪物的才能に溺れ破滅する、やられ役の“運命”を避けるため──俺は努力をした。しかしたったそれだけの改変が、どこまでも物語を狂わせていく!!

スニーカー文庫